Peter Knebel

DIE MÄDCHEN VON KINSHASA

Peter Knebel

DIE MÄDCHEN VON KINSHASA

Roman

Impressum:
Edition S
Verlag der Österreichischen Staatsdruckerei
1. Auflage 1992

Umschlagentwurf: Atelier Schiefer, Wien
Druck: Österreichische Staatsdruckerei, Wien
ISBN 3-7046-0314-7

Sexus and death are the only things
which can interest a serious mind

William Butler Yeats

Die Stimme

H ei-lige Maria Muttergottes / bitte für uns arme Sünder / jetzt und in der Stunde unseres Absterbens-Amen.'

,Geee-grüßet seist du Maria voll der Gnade...'

In der gekalkten Aufbahrungshalle leiern Schwarzgekleidete den Rosenkranz. Der Vorbeter stimmt an, beim Gegrüßet fallen sie allmählich ein. Entlang der Mauer sitzen alte Weiblein unter schwarzgerahmten Kreuzwegbildern, die Runzeln halb verdeckt von dunklen Kopftüchern. Vor dem nackten Holzkreuz an der Wand steht auf einem Podium hüfthoch aufgebahrt der Sarg. Unter dem Glasdeckel liegt ein Mann in einem schlaffen dunkelblauen Anzug. Der Krawattenknopf schnürt den Kragen auf den dürren Hals. Die langgezogene Schädelform unterscheidet ihn von den vierkanthöfigen der Betgemeinde. Das tief eingefallene Gesicht erschwert die Schätzung seines Alters. „Nur mehr Haut und Knochen", erzählt beim Leichenschmaus die resolute Nachbarin, die den Toten wusch und kleidete.

Beim Läuten der Kirchenglocke bricht der Vorbeter ab, und alle schreiten zögernd zum Ausgang, während sie sich schweigend die Hände schütteln. Nur ein Mann mit Burberry und Schirm, am rechten Arm eingehakt ein blondes Mädchen in langem schwarzen Kleid, beide um die fünfundzwanzig, gehen zum Sarg. Er sieht hinein, stumm und lange. Dann greift er in den kleinen Kessel, der auf dem Hocker daneben steht, sprenkelt Wasser auf den Deckel und reibt sich angestrengt die Augen.

Unter einem alten Birnbaum wurde er versenkt. Die schenkeldicken Wurzeln schnitt der Totengräber mit der Motorsäge aus, wie er im Gasthaus gegenüber weinselig erklärte.

Nur wenige Dorfbewohner kamen zum Leichentrunk. Obwohl sie ihn gekannt hatten, war er ihnen fremd geblieben. Er war auch nie da. Und wenn, dann lebte er zurückgezogen in seinem Haus am Waldrand nahe der Grenze. Stammte auch nicht aus der Gegend. Ein Zugereister, der sich den Luxus eines Bauernhauses ohne Tiere leisten konnte, als noch alle in die Ställe und in die Fabriken rannten.

Vor vielen Jahren kam er mit einem Sarg angeflogen. Darin lag seine Frau, die sich erhängt hatte. In Afrika, so hieß es.

In letzter Zeit konnte man ihn öfter sehen. Pilzesammler beobachteten, daß er in einem schwarzen wallenden Gewand wie ein Priester aus dem Totenreich auf der Hausbank in der Sonne saß und stundenlang auf die dunkle Wand des Waldes starrte. Eine Leinwand, auf der er seine Träume spulte und die Antwort gab auf seine stummen Schreie.

Aus der Stadt, der er entstammte, waren einige Freunde gekommen, die ihn vor Jahrzehnten das letzte Mal gesehen hatten. Ihn noch kannten als einen schlanken, dunklen Mann, der immer auf der Suche war.

Etwas abseits saßen Frauen, die von weit her gekommen schienen. Keiner der Dörfler verstand sie, und ein ihnen unbekanntes Parfum drang aus ihren fremdartigen Kleidern.

Doch alle verblaßten vor der Einen, der Negerin. Und ihrem Kind, ein Mischling, der schon das dritte Rindsgulasch verschlang. Als er, vom Weihwasser der Einsegnung getroffen, zu heulen anfing, stillte sie ihn, über dem offenen Grab eine nackte, schwarze Brust entblößt!

Der junge Mann, den das blonde Mädchen Rafael nannte, starrte benommen auf das unberührte Weinglas. Dann wechselte er zwischen den Tischen, wobei er ernsten Angesichts versuchte, den Fragern zu erklären, was er selber nicht begriff.

Niemand wußte, an welchem Tag, zu welcher Stunde sein Vater starb. Eine Woche, bevor Rafael die Leiche fand, erhielt er einen Anruf, in dem ihm Vater mitteilte, es ginge ihm nicht gut. „Kleine Lungenentzündung, kein Grund zur Besorgnis, in einigen Tagen ist alles vorbei. Ruf am Samstag wieder an."

Das nächste Mal klang die Stimme der Anrufbeantworters: „Guten Tag. Josef Singer ist soeben verstorben. Bitte warten Sie auf den Summton und hinterlassen Sie dann Ihre Nachricht. Mein Sohn Rafael wird sich in einigen Tagen mit Ihnen in Verbindung setzen. Ich danke für den Anruf und auf Wiedersehn im Jenseits."

Die Stimme des Toten, fest und lebendig, kurz um die Ecke gebogen, das ‚Komme gleich' noch an der Tür. Rafael stürzte ins Auto und raste zum Haus.

Als er ausstieg, zwitscherte ein Vogel, der Nachbote eines verregneten Sommers. Plötzlich war es totenstill. Das Gras lag frischgemäht und duftete, Türen und Fenster der Hinterseite des Hauses geschlossen, obwohl die Sonne noch kräftig schien. Das Auto stand hinter der ausgebauten Scheune, der Schlüssel steckte, wie immer.

Voller Bange ging er zum Haupttor an der Vorderseite. Da saß er, in einem kunstvoll geschnitzten Häuptlingsstuhl, den er vor Jahren angeschleppt hatte. Die Kapuze des schwarzen Djellabiyah [knöchellanges marokkanisches Kapuzengewand] umrandete sein hageres Gesicht wie das von

Savonarola auf alten Stichen. Leicht abgeregnet von der letzten Nacht war er mit offenen Augen eingeschlafen und besah nun seine Träume auf der Waldwand. Keine Spur einer äußeren Gewalt. Die Arme hingen friedlich herab, und der Zeigefinger wies nach unten, als wollte er andeuten, wohin er gegangen war.

Obwohl Rafael sich während der Fahrt schon auf das Entsetzlichste gefaßt hatte, eine vom Selbstmord entstellte Leiche etwa, war er schockiert. Es sah alles so normal aus, so lebendig, genauso, wie er ihn schon immer gekannt hatte. Nur schrecklich abgemagert war er.

Er faßte ihn an, der Körper bewegte sich, fiel beinahe um. Er kniete sich vor ihn und schrie ihm aus Zentimeternähe „Papa, Papa" ins Gesicht, bis er dem Weinen nahe war.

Dann rannte er um die Kamera, diese Szene für die Nachwelt festzuhalten. Für Papas Enkelkinder, auf die er sich schon so gefreut hatte. Wollte ihm beinahe *cheese* zurufen, bitte lächeln, herschauen, trat zur Seite, kniete nieder, doch die Augen folgten nicht. Starrten vorbei wie ein erloschener Stern, dessen Licht noch immer durch die Nacht rast.

Er konnte diesen Jenseitsblick nicht mehr ertragen. Sprang hin und drückte ihm die Augen zu wie einem Roboter, den man damit abschaltet.

Er betrat das unversperrte Haus, rannte zum Telefon, das gerade läutete. Ein Anruf aus dem Ausland, internationale Agentur, in deren Auftrag der Verstorbene gestern hätte abfliegen sollen. Die Stimme sagte zur Todesnachricht *sorry* und hing auf.

Das grüne Licht des Anrufbeantworters blinkte. Er drückte auf die Taste, mehrere Leute hatten schon angerufen. Manche schrien vor Entsetzen auf, beschwerten sich über den makabren Scherz oder nannten einen kühlen Betrag, den man auf ihr Konto Nummer … in den nächsten Tagen überweisen sollte.

Dann ließ er die Stimme des Vaters abspielen. Plötzlich war alles so unerträglich schmerzlich, daß er weinend aufschrie.

Da bemerkte er, daß der Musikturm tickte. Die Kassette war abgespielt, und der *play* Knopf nicht zurückgesprungen. Die großen Lautsprecher fehlten. Die Kabel führten durchs verschlossene Fenster. Erst nach einigem Suchen fand er die Boxen unterm Vordach hängen. Sie waren auf den Sessel gerichtet. Er war mit Musik gestorben.

Mit welcher Musik? Welche Musik möchte überhaupt ein Mensch beim Sterben hören? Rafael rannte wieder hinein, warf die Kassette aus. Sie war mit einem kleinen Kreuz bezeichnet. Auf dem Deckel stand: *Tibetanische Totenmusik.*

Damit also ging er in den Tod. Die dumpfen monotonen Langhörner und schrillen Trompeten aus menschlichen Schenkelknochen, die morgens die Götter des Lichts und abends die Dämonen der Finsternis riefen!

Sich zu vergewissern, den Schmerz noch zu vertiefen, dem Vater ein letztes Mal ganz nahe zu sein, spulte er die Kassette zurück, klickte ein, rannte hinaus und setzte sich neben den Toten. Ein langgezogener tiefer Ton blies in voller Lautstärke über sie hinweg und widerhallte aus dem Wald. Rafael stürzte ins Haus und schaltete zitternd ab.

Aber wie konnte man seinen Tod genau auf fünfundvierzig Kassettenminuten planen? Doch nur durch Selbstmord. Er suchte nach Spritzen, Tablettenschachteln, vielleicht das Rattengift, das Vater manchmal ausgestreut hatte. Vergeblich.

Auf dem Notizblock neben dem Telefon war eine Nachricht hingkritzelt: ‚Hallo Rafael. Alles OK? Geh bitte ins Büro, Brief wartet am Computer. Bis bald.'

Auf dem verhüllten Computer lag ein großes offenes Kuvert, darauf stand ‚Begräbnis'. Darin ein Brief:

‚Lieber Rafael. Einige Anweisungen, besser gesagt Vorschläge, das Begräbnis reibungslos und schnell hinter uns zu bringen. Ich habe auch einige Freunde aus dem Ausland eingeladen, um die Du Dich kümmern solltest. Die meisten wirst Du nicht kennen, sie aber Dich, aus meinen Erzählungen.

Die nächste Nachricht liegt in der oberen Schreibtischlade links. Bis bald, und sei nicht traurig. Mir geht es jetzt viel besser. Ich liebe Dich und werde Dich immer lieben.'

Im nächsten Kuvert lagen wieder mehrere Briefe, geheftete Zettel, Telegramme, auf denen alles, aber auch alles bis ins Detail geplant war. Er hatte seinen eigenen Totenzettel entworfen, hundertfach ausgedruckt, in die ganze Welt verschickt, mit beliegender Liste der zum Leichenschmaus Geladenen. Für die Schwarze und das Kind – es hieß Philipp, der Mittelname Rafaels – sowie noch einige andere Frauen hatte er die Flugreise bezahlt, mit genauen Anweisungen, sie vom Flughafen abzuholen, Flugnummer, *ETA – expected time of arrival*, wie er erklärend dazuschrieb – und ein *open ticket* für die Rückreise. Dazu telegrafische Einladungen an die Botschaftsvertretungen dieser Länder.

Der Computer war auf *standby* geschaltet, mit der Modemverbindung zum Telefax, die am nächsten Tag einen Freund benachrichtigen sollte. Darin bat er, Rafael zu verständigen.

Ohne Sterbedatum, nur das Datum des Begräbnisses. Das meiste schon drei Wochen vor seinem Tode abgefertigt.

Ferner hinterließ er eine genaue Anweisung der Musik, die in der Kirche zu einem bestimmten Zeitpunkt gespielt werden sollte. Hatte die Kassetten bereitgelegt und die zweite Anlage samt Lautsprecher transportgerecht verpackt. Sogar das Menü zum Leichenschmaus hatte er zusammengestellt, auch für Vegetarier, und schweinefleischlos für die Muselmanen. Bezahlung bis ins kleinste geregelt mit einer Liste aller Ausgaben und beiliegenden, von ihm unterschriebenen Schecks mit dem letzten Datum vor vier Tagen.

Im ganzen Haus waren Zettel und Kuverts verteilt, die neben genauen Instruktionen den Hinweis zum nächsten Fundort enthielten. In einem Aktenkoffer mit Code-Verschluß lagen das Testament, die Mappe für Versicherungen, laufende Zahlungen mit und ohne Abbuchungsaufträgen, der Schlüssel zum Banksafe mit den Dokumenten, seitenlanges Inventar des Hauses, Reserve-Autoschlüssel mit Zettel, auf dem unter rotem Rufzeichen das nächste Kontrolldatum notiert war. In den Sparkassenmappen, es gab deren mehrere und aus verschiedenen Ländern, lag neben den Auszügen und Einziehungsaufträgen auch eine Diskette in einem gefalteten Zettel, auf dem *password* stand. Das wiederum konnte man über fünf weitere Zettel erfahren.

Die Diskettenboxen neben dem Computer waren säuberlich beschriftet, außer einer, die verschlossen war. Auf einem Brief, den er erst am Morgen im Badezimmer fand, stand: ‚Erst nach dem Begräbnis öffnen.‘

Abends fand er unter seinem Kopfpolster eine vergoldete Zigarettendose mit einem weiteren Zettel: ‚Lieber Rafael. Ich spüre deinen Ärger über meine Bevormundung noch nach meinen Tod. Das tut mir leid, denn ich wollte etwas ganz anderes: einige Tage noch mit Dir verbringen, denn in letzter Zeit waren wir so selten zusammen.

Erinnert es Dich nicht ein wenig an die Suche nach den Ostereiern, die wir nie zur Gänze fanden? Damals, vor zwanzig Jahren, als Mama noch lebte, in dem schönen Haus in Afrika, mit Osman, dem Wächter, und seinen vielen Hunden, die Du sonntags immer füttertest.‘

In dem Brief, den er nach dem Begräbnis öffnete, lag ein kleiner Schlüssel, der die Diskettenbox aufsperrte, und wiederum ein Zettel mit Gebrauchsanweisung: ‚Wenn Du nach dem Password zu den Disketten suchst, denke Dich in mich hinein. Was war der Grundton meines Lebens?

Keine Sorge, wenn Du es nicht errätst, es steht an der Wand dicht hinter der Klosettmuschel geschrieben.‘

Nachdem Rafael alles Mögliche wie Dur, Moll, Polyphonie, Kakophonie, Arbeit, Lust, Ekstase, Frauen, Reisen, Abenteuer, Einsamkeit, Leid, Trauer, Sehnsucht ausprobiert hatte, kroch er hinter die Klosettmuschel. Wie in einer Steinzeithöhle fand er im Schein der Taschenlampe das Wort: PFFFFT. Da das *password* nicht griff, mußte er noch einmal darunterkriechen, um die F genau zu zählen.

Der Unsinn begann ihn zu ärgern. Wie konnte man seine letzten Stunden mit diesen Kindereien vergeuden? Doch vielleicht war das der Schlüssel zur tibetanischen Todesmusik? Sein Leben mit einem langgezogenen Furz aushauchen, einem göttlichen natürlich, zur Vertreibung der Dämonen.

Er wählte *welcome* vom Index der Diskette, und da grüßte er ihn schon vom Bildschirm: ‚Hallo Rafael, alles gut überstanden? Einige Botschaften sind noch irgendwo versteckt, doch suche sie nicht, du kannst sie nur durch Zufall finden, vielleicht nach Jahren, vielleicht nie. Unwichtiges Zeugs, kleine Ideen, die sich mit der Zeit in meinem ausgerauchten Kopfe angesammelt haben.

Zeit, mich zu verabschieden. Natürlich wäre es schön gewesen, Deine Kinder zu erleben, im Schatten der Bäume zu sitzen, die wir vor langer Zeit gepflanzt hatten. Doch das sind alles keine zwingenden Gründe, das Ende aufzuschieben. Ich habe mein Leben gelebt, gleich mehrere, und jedes bis zur Neige. Nun bin ich müde und möchte schlafen, ohne jemals aufgeweckt zu werden.

Mein geistige Vermächtnis – mir fällt gerade nichts Passenderes ein – sind die Disketten, über dreitausend Seiten mit fünf Millionen Anschlägen. Ich höre Dich aufseufzen, aber sie haben den Vorteil, daß Du sie auf Tastendruck löschen kannst. Die Arbeit von fünfzehn Jahren in wenigen Sekunden getilgt.

Du kannst das Ganze oder auch nur Teile lesen und dann löschen, oder ausdrucken, lesen und dann verbrennen. Oder einen Verleger finden, was mir nicht geglückt ist.

Oder einfach liegenlassen und nach Jahrzehnten Deinen Kindern zeigen. Die Stimme einer verklungenen Zeit. Länder, die längst umbenannt, von der Landkarte verschwunden sind. Die Welt der Kolonien, der autolosen Städte ohne Stromversorgung. Menschen vor allem, die auferstehen und von ihren Freuden, ihrem Schmerz erzählen. Frauen, Abenteuer, Situationen an der Grenze des Erträglichen, die Verdammten dieser Erde. Sehnsucht und Enttäuschung, Hoffnung und Verzweiflung, Ekstase und Banales, la *condition humaine.* Keine umstürzenden Erkenntnisse, großmäulige Wahrheiten, nur das Leben eines Menschen, der versuchte, frei zu sein – und ehrlich.

Warum habe ich all das geschrieben? Mich oft wochenlang in einem verlausten Hotel vergraben, die Einsamkeit im Koffer herumgetragen. Mich durchgequält zur Formung der Gedanken, die wie Lava quollen. Die Sinnlosigkeit in Alkohol ertränkt.

War es nur, den Ballast der Seele abzuwälzen? Sich verewigen, im Worte weiterleben, wenn alleine der Computerschirm die Nacht durchleuchtet? Schreiben als Berechtigung zum Weiterleben? Die Vergangenheit erleben, das zweite, andere Leben? Der Versuch, des Lebens Rätsel zu erklären? Sich Klarheit verschaffen und sich dadurch der Wahrheit nähern?

Das alles, und noch etwas: Mit Dir zu sprechen, über den Tod hinaus bei Dir zu sein. Dir all das zu erzählen, was zeitlebens ungesagt blieb, wovor wir auswichen. Versuchen, zu erklären, was Dir so rätselhaft erschienen war. Die versäumte Vaterliebe nachholen.

Sag nicht, es sei zu spät oder nicht fair, da Du mir nichts entgegnen kannst, ein letzter Schmerz, den ich Dir zufüge.

Wie kann es zu spät sein, wenn der Samen meiner Worte weiterlebt in der Erinnerung? Wieso unfair, da auch ich zu ewigem Schweigen verurteilt bin? Nicht den Schmerz, sondern Freude wollte ich Dir schenken.

Warum konnten wir nicht miteinander reden, waren immer so getrennt, obwohl wir einander liebten? Dieselben Worte, die deine Mutter hinterließ in ihrem Abschiedsbrief.

Die Wunde. Vielleicht ist es das, die ungeheilte Wunde einer verletzten Seele, die uns so grausam macht.

Als Du mich anschriest, daß ich Dich gar nicht gewünscht, Dich am liebsten abgetrieben hätte. Diese Worte verließen mich nie mehr. Denn sie stimmen, und auch gar nicht.

Mir Egoismus vorwarfst, ich Dir Undankbarkeit, Dich zum Rückzahlen deiner Gemeinheiten verdammte, bis auf den letzten Groschen.

Du, das Einzige, was übrigblieb vom Gemetzel der Familie. Du verließest mich am Ölberg – wie ich Dich.

Doch wie einfach ist die Kindesliebe verglichen mit der sexuellen! Nichts Dunkles, Unerklärliches, ohne die Angst, jemand für immer zu verlieren – oder für immer zu gehören.

Eine Liebe, die hineingestellt ist in das Leben wie ein Antlitz. Auf daß du dich ihm nicht verschließt, darauf stolz bist und es liebst.

Dich lieben, das einzige vielleicht, das ich bis zuletzt versuchte.

Am Fenster

Nacht überfällt die heiße Stadt. Wie ein dunkles Raubtier bricht sie aus dem Dschungel, hetzt über den Fluß und stürzt sich triefend auf die Wellblechdächer, die vor Hitze flimmern. Rutscht ab und reißt die kleinen nackten Mädchen, die vor den Trümmerhütten um die Regenlachen tanzen. Der Himmel verblutet, als hätte ein Selbstmörder die Malpalette an die Wand geschleudert.

In der *n'ganda* [Straßenbar] rüsten auf rostigen Sesseln zerlumpte Männer zur nächsten Runde. *Mazout*, Brennstoff, nennen sie das Bier. Starren mit ertrunknen Augen auf die leeren Flaschen, die am Tisch zum Abkassieren stehenbleiben. Auf dem rissigen Beton daneben liegt die Kiste, aus der sie sich bedienen. Den feinen Herrn im *Abacost* [1] serviert die dicke Mama aus dem Kühlschrank, durch permanenten Stromausfall genauso lauwarm wie die Kiste. Öffnet die Flasche mit einem Tischkantenschlag oder mit der Kapsel einer zweiten, meist aber mit den Zähnen, da dies den geringsten Schaum erzeugt. Direkt vor den Gästen, deren Gelächter kurz verstummt, während sie feierlich auf die Eröffnung blicken. Sobald es zischt, lachen sie weiter, befreit von der Angst vor dem Vergiftetwerden. Den Kühlschrankgästen schenkt sie ein, die andern trinken aus der Flasche.

Abseits, jedoch in regem Blickabtausch, tuschelt schon die bunte Abendhoffnung, les *femmes libres* [2].

Der einen klaffen beide Ohrläppchen. Ein Vorüberstreuner hatte ihr die Ringe abgerissen, um sie an der nächsten Ecke zu verhökern.

Ein Fingerschnalz der Männer, seitliches Nicken, weißgeballtes Augenrollen, und sie wechselt Tisch und *deuxième bureau* [3].

Im Hotel daneben verkehren um die Uhr emsig die Geschlechter. Hinter rohen Brettern steht ein breites Eisenbett mit zwei Stehplätzen davor zur ersten schüchternen Umarmung und Enthüllung beider Schätze.

Besudelte Matratze mit eingebrannten Löchern und Kräuselhaar von Kopf und Scham, das nur seine Lage unterscheidet. An der Wand, kniehoch überm Bett, klebt Samenrotz. Kein Bettzeug, das Lendentuch der Frau ersetzt die Laken. In den feineren Hotels mit Vorhängen sind auch die in Hüfthöhe verschmutzt und greifen sich steifer an.

Unterm Bett steht ein Kübel trüben Wassers: Zum Urinieren, zum Ausspülen von Schwangerschaft und AIDS, oder für den Auswurf, wenn starker Reizhusten den Stoßverkehr behindert.

Unter einer Hitzeglocke stechen malariaverseuchte Mücken in die lustgetrübten Hirne, wenn die Liebenden im Schweiße ihres Angesichts ums Brot und den Orgasmus rackern. Im Monatsblut und Samenspeichel kleben Fliegen auf den Lippen ihres Leibes seines Mundes. Eine Sauna im crescendo, während die Musik von draußen die Quietschbettleiber im Rhythmus eines Preßlufthammers jagt.

Die breiten Ritzen in der Bretterwand sind notdürftig mit Fetzen ausgestopft. Unnötig, denn niemand kümmert, wie die feuchten Leiber lautlos ringen und plötzlich enttäuscht auseinandergleiten. Gestöhnt wird höchstens nachher, beim Zahlen.

Die Stundenmiete: umgerechnet ein US Dollar mit einer Frau, zwei Dollar für zwei, wenn von draußen mitgebracht. Drei bis fünf Dollar inbegriffen eines der Hotelmädchen, die überall herumhängen, am Eingang, an der Bar, vor den Zimmern, am Weg zur Toilette. Oder man winkt sich die Serviermama, die dann andere mal kurz vertreten.

Die fix Angestellten, die sich im Hinterhof frisieren oder dumpf in eine Ecke starren, treibt der Hotelboy gemäß den Sonderwünschen des Klienten ein: Größe der Vagina vom Ring des Zeigefinger-Daumens bis zum Abflußrohr aus beiden Hohlhänden, die Brüste und den Hintern schwärmerisch in Luft gepinselt und durch Bestreichen seiner Hüfte kräftig nachgezogen.

Der Alterswert vor allem: mit zwölfe fängt das Leben an, bei neunzehn rümpft man schon die Nase über angesaugte Brüste, ausgefranste Schamlippen und wenig Lust aufs Baisen [sprich: bäsen] [4], wie sie hier das Bumsen nennen.

Über der stromlosen Rezeption hängt verschämt zerfetzt die abgerissene und zur Hälfte wieder aufgeklebte Frohbotschaft des Gesundheitsministeriums: *Attention na SIDA* [5]. Kindergartenzeichnung mit Pärchen bis zum Halse zugedeckt im Bett, das unter färbigen Kondomballons begeistert ins Nirvana starrt. Teil der Anti-AIDS Kampagne, finanziert von der Weltgesundheitsorganisation mit dreißig Millionen Dollar.

Ein durchlöcherter Asphalt führt aus der *cité*, dem Afrikanerviertel, in dem die Millionen sich ums Überleben raufen, in die *ville*, die Stadt der Reichen, Weißen, deren Überlebte sich um die Millionen raufen.

Bis zur Unabhängigkeit vor dreißig Jahren mußten vor Einbruch der Dunkelheit alle Afrikaner zurück in die *cité*, deren Grenzen noch heute durch verblaßte Steinmarkierungen gezeichnet sind. Nur die Diener durften bleiben, um den illustren Diplomaten, strohbehüteten Plantagenbossen, ordensprallen Militärs und verwitterten Geschäftsleuten bis weit nach Mitternacht Essen und Champagner in den Garten zu servieren – auch heute noch. Mit weißen Handschuhen, obwohl sie ohne Händewaschen nach der Defäkation auf verdreckten Plumpsklos ohne Papier und Seife – wird ohnehin alles gestohlen – in der Küche bis zum Hemdsärmel im Essen wühlen, stundenlang Gemüse schneiden, schälen, reiben, pressen.

Beim Gesang der Morgenvögel entschlüpfen sie den weißen Fräcken und legen sich halbnackt auf eine Strohmatte in der Garage zu den Wächtern, betrunken vom abgestandenen Champagner der abgeräumten Gläser. Verschlingen gierig die halbverzehrten Fleischstücke mitsamt den Zigarettenstummeln in permanenter Wehr gegen die Wachhunde am Tor.

Im Rauchsalon steigt die letzte Cognacrunde mit Zigarre, während die Damen sich zum Abschied raffen.

Luxusvillen im Baumschatten der gähnenden Boulevards, Tore aus importiertem Schmiedeeisen, die der betäubte Wächter schwingt, wenn er durch zorniges Gehupe aus dem Schlaf gerissen wird. Deutscher Schäfer, Rottweiler, Dobermann und Blutdogge zerren fletschend an den Ketten.

Dahinter leben sie, die arrivierten Weißen: undurchsichtiger Import-Export, rätselhafte Fabrikanten, nützlich eigennützige Libanesen, Israelis, Griechen, Portugiesen, Italiener, Inder. Alle träumen sie vom großen Coup vor dem endgültigen Zusammenbruch. Lächerliche Wichtigmacher, die sich am blauchlorierten Pool lokaler Stammesmacht betrinken, während schweißnackte Herumkriecher den manikürten Rasen mit Struwwelpeterscheren massakrieren. Sportgebräunte Militärberater fuchteln mit Champagnergläsern, israelische Geheimdienstler der Leibwache Mobutus stolzieren mit Pistolen unterm Ärmel vor den Bikinimädchen auf den Liegen. Getarnte Waffenschieber, in Leichen eingenähte Diamantenschmuggler, agressive Machos, Versager in der Heimat, verspätete Conquistadores prosten sich und ihrem Schutzherrn langes Überleben. Alles haßerfüllte Rassisten, die sich arrangierten und in Zwischenwelten leben.

Die anderen Weißen, ängstliche Entwicklungsbürokraten, blutlose Diplomaten, ausgelaugte Experten, die nur noch ihr Konto und das Häuschen auf dem Land entwickeln, schützen sich mit sanftbraun wehleidigen Kötern von der Straße. Joggen ihren Fettbauch um die Kurve und plumpsen, vom Klimagerät des Schlafzimmers mit dem Klimawagen ins Klimabüro gefährlich unterkühlt, abends in die warme Brühe, nachdem die Umlaufpumpe brach und keine Ersatzteile erhältlich sind.

Morgendliche Hektik, wenn Uniformchauffierte ihren weißen Herrn, in einer Hand den *walkie-talkie*, in der andern die neueste Videokassette, über die Straßenbühne schiffeln. Dahinter buckelt der verstörte Diener mit der prallen Aktentasche. Schulbusse mit Aufmüpfigen, wippende Einkaufsfrauen, die ihren Frust am Boy abladen, Kistenschlepper, Taschenträger, die sich unentwegt beschimpfen lassen und dazu noch lachen. Der zerlumpte Schneider schleicht zerknirscht zur allerletzten Probe für das Kleid zum Wohlfahrtsabend. Souvenirverkäufer, die aus Jutesäcken gestohlener Entwicklungshilfe künstlich eingedreckte Masken kramen, wurmgebohrte Statuen, stinkende Leopardenfelle, tee-gealtertes Elfenbein aus Ziegenhorn, und Schlangenhäute aus dem Zoo. Ganz unten, in angeblich blutgetränkte Fetzen eingehüllte Fetische beim Baisen, die sie schamlos in die Sonne zerren.

Täglich-frische-Gemüse-Frauen mit zerbeulten Blechlavoirs auf dem Kopf, arbeitslose Jungen, die auf dem Fahrradsattel angeschnürte Hühner, Pappkartons mit Eiern und zerfetzten Büchern schieben, darunter *Les Misérables* von Victor Hugo. Süße schwarze Hundeschnauzen, die traurig an den Hälsebalgen hängen, stumme Papageien, schwimmende Igel, Schildkröten, die den Dieben Einlaß durch die Gartenmauer graben, Affen, die unermüdlich onanieren und dabei noch tanzen.

Mit der Dunkelheit kehrt Geisterstille in die *ville.* Nur das kichernde Palaver der Wächter, begleitet von Kassettenklängen aus dem Dorf, und den Hunden, die sich ihre Sehnsucht zuheulen.

Zum Wochenende stehn hier und dort Dutzende geparkter Autos, umringt von zerlumpten Kindern, die um die Bewachung raufen und sich von den Wächtern auf die Bäume treiben lassen. Von dort spähen sie über die Mauer in den buntbirnigen Garten Eden mit den fressenden, saufenden, sich umarmenden und vom Tanz erhitzten Schweinsgesichtern. Bis auch sie darüber einschlafen oder vor Lachen aus den Bäumen fallen.

Einmal im Jahr ziehen Metallvögel die Weißen nach Europa. Frau und Kinder sinken in den Schoß vertrauter Superläden und lästiger Verwandten, während der Mann zum Ausharren verurteilt ist. Dann steigen fremdartige Geräusche aus dem Gärschlamm schwüler Nächte. Halbnackte Mädchen stolpern unterm ersten Vogelgrauen aus dem Auto des besoffenen *patron.* Kreischen, Plumpsen, schrille Lacher tönen aus dem Garten. Dazwischen bellen alle Hunde, die eine schwarze Haut nicht riechen können.

Im Zentrum der Stadt, am Ende des Prachtboulevards mit Fächerpalmen fingerzeigt ein Wolkenkratzer warnend in den Geisterhimmel. Der Paradestolz der Nation. Auf den Marmorstufen zum verglasten Eingang lungert das Militär mit abgelegten Stahlhelmen und griffbereiter Maschinenpistole, die jeden abschießt, der nach *matabishe* [Bakschisch] aussieht. An der Rezeption geben harmlose Besucher ihren Ausweis ab. Darin liegt verschämt ein mürber Stinkschein im Werte eines Brotes. Wer mehr zahlen kann und die Kontrolle meiden will, schleicht durch die Hintertür.

Von den zehn Liften, die übers ganze Haus verteilt sind und alle zu verschiedenen Etagen führen, fällt täglich mindest einer aus. Dann beginnt das große Rennen. Um in den vierten Stock zu kommen, kann man vier Etagen hinauf- oder vom Direktlift zum achten Stock vier Etagen heruntersteigen; oder man steigt zwei Stockwerke hinauf, nimmt den Direktlift im Seitentrakt zum sechsten Stock und geht zwei Treppen runter. Oder alle rennen zum Lastenaufzug, der in jedem Stockwerk hält und Wartezeiten bis zu einer halben Stunde fordert. Besessene wühlen sich durch einen dunklen Gang zum Direktlift ins Dachgeschoß und kraxeln fünfzehn Stockwerke hinunter.

Manchmal bricht alles zusammen, die Rezeption gähnt dunkel und verlassen, ein Zettel klebt am Pult: *en panne* [kaputt]. Dann heben alle Mamas ihren Schurz und keuchen schwatzend die enge Eisentreppe rauf und runter, und die Männer fluchen lachend nach.

Fettweiße Experten, frustrierte fesche Frauen mit manikürtem Schoßhund, wadenpralle Jogger in blaurandigen Socken, Tennisspieler mit überbreitem Stirnband, schwarzpolierte Sekretärinnen, neureiche Militärs mit Leibwache, Funktionäre, die mit gespielter Sorgenmiene Akten schleppen, uniformierte Boys mit Korb und Einkaufszettel. Mechaniker in Overalls, die auch grinsen, wenn man sie beschimpft. Wie die Ratten, deren Gänge eingestürzt sind, tauchen alle plötzlich aus dem Innenleben dieses Turmbaus.

Über den Büros in den unteren Etagen wölben sich Luxuswohnungen zu dreihundert Quadratmetern: riesiger Empfangssalon mit zehn meterlangen Panoramafenstern, ein halbes Dutzend Zimmer, Gänge zum Verirren und vier Bäder mit Klosett, ungekachelt für die Boys. Monatsmiete zweitausendfünfhundert Dollar, ein Jahr im Voraus zu bezahlen, in Devisen auf die Bank im Ausland.

Der Hausboy, der die Wohnung täglich reinigt, kocht, wäscht und bügelt, verdient im Monat vierzig Dollar, immerhin das Doppelte eines Beamten.

Jede Wohnung besitzt mehrere Balkone, von denen in den Vollmondnächten die verirrten Ratten lautlos in die Tiefe stürzen. Zur Zeit der großen Militärscharade donnern Düsenjäger um ein Haar darüber. Dann verkleben sich vor Angst die schwarzen Käfer in den Straßenschluchten und flehen fingerspreiz zum Himmel um Erlösung aus dem Jammer.

In einer dieser Luxuswaben wohnt ein weißer Höchstverdiener um die Vierzig. Mit seinem zehnjährigen Sohn, dessen Mutter sich vor Jahren schon verabschiedet hatte. Im Mai, als der Flammenbaum rot aufschrie, hing sie nackt über der Klosettmuschel.

Vierzehn Stockwerke unter mir flammen die Lichter auf, ein Meer von Zittersternen bis an den Rand der Nacht. Lautlos kippt der Tag. Nur die zentrale Klimaanlage zischt durch die Gemächer. Wenn sie abstirbt, lähmt sofort die Hitze alle Räume. Fenster auf, Kerze verlöscht im Wind, Wolken von Moskitos stürzen ein.

Durch die gläserne Stille des Panoramafensters betrachte ich mit Aquariumaugen diese Krake, die mich Nacht für Nacht in ihre tödliche Umarmung saugt. Jeden Abend diese Unrast unstillbarer Sucht und Angst, die sich wie ein blindes Tier entlang den Lichterstraßen tastet, welche die *cité* durchwürmen. Der Engel der Apokalypse schwebt über der Stadt und posaunt aus allen Nachtclubs.

Am neuen Friedhof draußen vor der Stadt herrscht reges Treiben. Anstatt der unnützen Babies, häßlichen Alten und Zerlumpten wirft man jetzt die Jungen, Schönen, Reichen in die hastig ausgesprengten Gruben. Täglich mehr, die den Totenschädel schon im Leben tragen.

Alle – denn wer in dieser Sargstadt hat noch keinen SIDA-Tod beweint? – geloben beim Versenken ihres Totgeliebten ein Leben ohne Fehltritt. Und alle treten nach dem Leichentrunk wieder in die Bretterzimmer des *hôtel d'amour*, wie Schafe in den trauten Stallgeruch vor dem drohenden Gewitter.

Die Lebensfreude, Afros schönster Götterfunken, Tochter der Löwin und des Büffels, verbirgt ihr Tränengesicht hinter Skeletthänden.

Africa addio, ein Kontinent ist traurig geworden.

Die Strafe Gottes. Wofür? Für das bißchen Baisen, die einzige Freude, die den Verdammten dieser Erde noch geblieben?

Angst würgt das Keuchen der Liebenden zum Röcheln der Sterbenden. Angst vor dem Verlust der Urkraft, *n'golo*[6]. Dreihundertfünfzig Millionen Fetische an ihrer Wurzel gerissen, ausgerissen. Wurzeln, die in jahrtausendalte Ahnengräber reichen.

Reichtum, Wissen, gesammelte Erfahrungen des Alters, Macht über Menschenleben, Sexualität sind nur äußere Zeichen dieser Kraft. Entscheidend ist, wer den mächtigsten Fetisch, die Macht über die Urkraft besitzt. Diese Kraft stammt nicht von Göttern, schon gar nicht von den weißen. Sie kommt aus der Natur.

Der geheimnisvolle Pakt zwischen Mensch und Natur liegt im dunklen Geisterwald behütet vor der grellen Sonne des Verstandes. Schamvoll, beinahe prüde verbergen sie ihre Sexualität. Fürchten, von Ungeweihten überrascht zu werden, die ihnen die Hautdecke abziehen und ihren Fetisch entblößen, entkräftigen.

Dann stehen sie da, von allen guten Geistern verlassen, beraubt des Glanzes ihrer Haut, stumpf und rosa wie die weißen Schweine.

Der Fetisch nunmehr eingekleidet in das Virus, das sich dämonisch zwischen die Geschlechter drängt, im Schoß der Liebe nistet, Mißtrauen und Verrat im Samen trägt und über ihren Todesernst beim Baisen lacht. Womit haben sie ihn erzürnt, den *grand fétish*, daß er den Pakt gebrochen hat?

Deren Problem. Ich fürchte die statistische Wahrscheinlichkeit des *roulette russe*. Also schick' ich sie zum Testen zur ELISA [AIDS-Schnelltest] Tante. Manche der Mädchen begleite ich.

„Ist das Ihre Frau?" fragt der freche Laborant bei der ersten. „Sind Sie Muselmane?" bei den nächsten zehn. Nach dreißig Mädchen „Machen Sie wissenschaftliche Untersuchungen?" Bis er fragte, ob auch ich getestet werden möchte. Seitdem meide ich ihn.

Lächerlich, die ganze Testerei. Die meisten schlüpfen ohnehin durchs Netz, ich kann nicht jeden Tag ins Labor rennen, und alleine gehen sie nicht. Meist ist es nur ein Vorwand, Unliebsame loszuwerden. Nach zwei Dutzend Positiven gab ich's wieder auf.

Die Angst vor dem Ergebnis, das ich mehr als sie befürchte. „*Ah, bon?* Dachte ich mir, bin eben doch ein Glückskind", wenn sie negativ sind. „Dann können wir jetzt baisen, *non*?" Zerdrücken ärgerlich das Lösegeld und rennen auf die Straße. Baisen mit dem nächsten Auto oder tanzen in die Disco ab.

Sind sie positiv, starren sie fassungslos auf den Befund, minutenlang. Das Kätzchen mit der rosa Zungenspitze, immer fröhlich und aus vollen Zähnen lachend dem Ball des Lebens nachgerannt, der plötzlich in den stinkenden Kanal rollt und davonschwimmt. Sitzt am Bettrand und weint kleine heiße Tränen.

Dann heult sie plötzlich auf, zu früh der Mutterbrust entzogen. Wirft sich nicht an den Hals wie weiße Frauen, wenn sie sich verlassen fühlen. Bleibt allein in ihrem Elend, ein verschwitzter Haufen bunter Kleider auf ein naßgeheultes Taschentuch geschrumpft.

Als ich ihre feuchte Wange küßte, spürte ich die Fremde. So weit weg war sie.

Im verstaubten Bus heimgekehrt ins Grashüttendorf, aus dem sie erst vor kurzem der Zauberschwur der alten Weisen fortgeschickt. In die große Stadt, deren Morgana am Nachthimmel des Elends aufglüht.

Armseligen Flitter packt sie aus verschnürten Bündeln, einen großen neuen Geldschein für den Dorfchef aus dem zu weit gewordnen Büstenhalter. Adeligen Würdenträgern gleich schweigen die zerlumpten Dörfler über das Geheimnis ihrer Rückkehr, das sie ahnen. Palavern über Hirsebier vom Wind und Regen. Komödianten, die mit gespieltem Zungenschnalz die wertlosen Geschenke kreisen lassen.

Wenn sich die Todeszeichen häufen, kehrt sie zur Heilung in die große Stadt zurück. Gießt zum letzten Mal ihr Feuer in die Hinterhöfe, dort, wo zehn Minuten einen halben Dollar kosten, um die sinnlosen Injektionen zu bezahlen. Und den *féticheur*, der nach stundenlangem Augenrollen aufspringt und ihre Magerbrüste reibt mit ausgespeiten Wurzeln, zerriebnen Krötenhäuten und gestampften Affenschädeln.

In einer Bretterkiste, kleiner als das Zimmer, in dem sie sich zu Tode liebte, wird man sie zurücktragen. So leicht ist sie geworden, daß ein Mann den Sarg trägt in die Hütte, wo ihr Mutterkuchen, die magische Geburtsschwester, begraben liegt.

Und der tote Schädelblick jahrtausendalten Leides fliegt durch das löcherige Strohdach zu den Sternen. Mitten drein fällt eine strahlend helle Schnuppe: Ihre Seele, von dumpfen Trommelwirbeln heimgeflogen.

Hommage à Fatou

Endlich hat sie es geschafft. Zimmer mit Glühbirne, Trockenmilch fürs Baby und jeden Monat neue Arbeitskleidung. „*Je ne sors plus* [ich gehe nicht mehr aus]“, als ich sie wieder einmal in der Disco traf. Ein Weißer schickt ihr Geld, also rennt sie nur zum Wochenende auf den Strich, fallweise dazwischen für die *imprévus*. Ruhig und zufrieden fernsehen im Nachbarhof und sich dem seriösen Handel mit Lendentüchern, Nahrungsmitteln, Bierflaschen und Zigarettenstummeln widmen. Besucht jeden Tag ihr Baby, das am Hirsenapf der Mutter mampft. Manchmal eine Freundin, mit der sie über schlechte Zeiten, gemeinsame Männer und gemeine Freundinnen palavert. Das kleine Leben ohne große Sorgen.

Plötzlich dieser starre Blick der hartgeschnitzten Schädelmaske auf den Laborzettel.

„*Je dois mourir alors* [ich muß also sterben]?“ Hilflose Versuche, Fatou etwas über SIDA zu erklären, das sie gar nicht interessiert.

„*Je n'ai pas peur* [ich hab'keine Angst]“, und blickt mir lange in die Augen, ohne Zucken, durch und durch bis in den Tod. „*C'est la vie.*“

Dann rafft sie sich auf. Aus den halbseidenen Lazarusfetzen aufersteht ein Mensch, der sein armseliges Leben gelebt, geliebt hat und bereit ist abzutreten. Diese überschwappende Kalebasse des Leids mit stolzem Nacken in den Abgrund trägt, ohne sich einen Augenblick umzudrehen.

Ein kleine Münze, schon im Jugendglanz vom Großen Zahlmeister entwertet. Bis sie nach Jahren wieder auftaucht in einer längst vergessenen Tasche, rund und glatt und schmerzhaft. Die Stimme aus dem Jenseits.

„Mais mon bébé", dann weint sie. Bellender Stakkatohusten, gelber Schleim mit Blut. Skelettfinger nesteln verloren an den dünnen Knitterkleidern. Verlangt ein Taschentuch, wie einst zum Auswischen der Vagina, wenn sie zu feucht geworden. Stets im Dienste ihres Mannes, spüren und gespürt werden, leben und lieben lassen.

Sie geht ins Bad, wäscht sich die Tränen ab und schminkt sich angestrengt. Nimmt die lächerlichen Vitamine, die ich für diese Situationen vorbereitet habe. Ein leises *„Merci"* für das plötzlich wertlose Geld. *„Pour le bébé."* Der letzte Händedruck, ein Hauch zerknüllter Seide. Abschied vor der Großen Reise.

„Attend [warte]." Ihre Knochenhand wühlt zitternd in der Tasche, aus Angst, es nicht mehr zu finden, das Foto aus besseren Tagen: Fatou im strahlenden Blumenkleid und Wolkenhaar mit schiefem Hut. Linkisch angelehnt an ihn und Auto wie aus den Illustrierten.

„Schick es ihm, und schreib ihm, wenn ich tot bin. Sein Kind lebt, er soll es zu sich holen." Die Möglichkeit der Sero-positivität des Kindes verschweige ich.

Sie wühlt weiter, verloren im Wirrwarr von Fotos, Zetteln, Schmuck und Schminke. „Erinnerst du dich? Hast du mir geschenkt." Legt mit koketter Drehung eine meiner Kitschketten um ihren Greco Hals, wie damals meine Hände bei unserm ersten Tanz. Lächelt schüchtern, findet schließlich doch noch die Adresse, vor Jahren sorglos hingekritzelt auf den abgerissenen Kassazettel vom Supermarkt.

Der Ort ihrer ersten Begegnung, er mit vollem Einkaufskorb, sie mit der Sardinendose. In der Hosentasche eine gestohlene Hautcreme zur Aufhellung der Haut, wie sie alle glauben. An der Kassa fällt sie ihr heraus und nach einem hilfesuchenden Lolitablick bezahlt der Junge hinter ihr.

Jahre später, in der engen Wohnung unter der brennenden Leere der Maskenaugen wurde ihm klar, daß sie mit diesem Blick den Fetisch auf ihn geworfen hatte, der ihn nie mehr vollends glücklich werden ließ, bis auch er zu Tode magerte.

Sie sinkt zurück in ihre totgehetzten Rehaugen, zieht mich herab und flüstert mir unendlich zärtlich den Todesfluch ins Hirn: „Du kommst doch bald zu mir?"

Es war eine bunte Leich', umschwirrt von bunten Nachtfaltern. Alles Disco-Mädchen, die beim Sargversenken stritten, woran Fatou nun wirklich starb. Am Husten natürlich, Tuberkulose, *fin de siècle à l' Africaine.*

Konnte nichts mehr essen, aus unglücklicher Liebe zu dem *blanc,* aber welchem? „Der letzte, der ist schuld, weil er's immer nur von hinten wollte." Fatous beste Freundin weiß es ganz genau, er wollte auch sie dazu verführen. *„Jamais* [niemals]", und fuchtelt mit dem Zeigefinger ins Gesicht der Ungläubigen, die dieses wunderbare Märchen von der HundeSIDA gar nicht hören wollen.

Nur Fatou's Vater, ein berühmter Sänger und charmanter Baiser aus der *belle époque colon,* hält sich abseits und murmelt kopfschüttelnd, während er gekochten Reis ins Grab wirft: *„rien ne va plus, rien ne va plus."* Kein Wunder bei soviel *roulette russe.*

Kurz vor dem Tod wollte man ihn auf Staatskosten nach Europa fliegen. Zum Beweis, daß auch dieses ausgebombte Land seine größten Söhne nicht wie Jedermann im Dreck ihrer Spitäler verrecken läßt. Er starb aber, bevor alle vierzig Unterschriften zur Bewilligung gezeichnet waren.

Dafür zeigte man ihn wochenlang im Fernsehen: den ewig Jungen, wie er vom SIDAhimmel runterträllert, mit seiner Tochter an der Hand durch Bambuswälder schlendert, zur Beruhigung der Überlebenden. Der Tod ist weit, die Liebe hautnah.

Angst auch vor den lauernden Soldaten, die halbnackte Mädchenköder an dunklen Straßenecken auswerfen und einige Schlaglöcher weiter mit vorgehaltenen Gewehren und unverständlichem Gebrüll bleiche Männer aus den Autos zerren, während die schwarze Nutte nebenan mit hochgerissenem Kleid ‚Vergewaltigung' schreit.

Abgeführt im eigenen Auto, betrunkene Erpressung unter kahler Glühbirne. Ausgefressene Soldaten mit gelben Augen – zuviel *mazout* und Nuttenbaisen – sitzen auf den Bierkisten und spielen mit geladenen Pistolen.

Angst vor den Mädchen, die sich unter hundert Dollar nicht aus der Wohnung oder dem Auto drängen lassen. Die Erpressung mit der Schande: der große weiße Reiche mit der kleinen schwarzen Nutte.

Gefährlich auch die prallbrüstigen Minderjährigen, die mit Krötenschenkeln dein Gehirn umklammern und es schmatzend in die vollen Beckenlippen saugen, die wie neugierige Veilchen aus dem Frühlingsrasen lugen. Die ständige Bedrohung mit den Vaterschaftsprozessen, die sich in die Länge ziehen. Monate, Jahre. Kürzlich drückten sie die strafbare Altersgrenze auf vierzehn Jahre, nachdem die sechzehn eine Sintflut von Prozessen brachte, woran die Gesetzesgeber als schlechtbezahlte Meisterbaiser wohl am meisten litten.

Den Weißen droht bei Minderjährigen Landesverweisung innerhalb von vierundzwanzig Stunden oder ein astronomisches Lösegeld. Wegen Verderbnis der *authenticité* der Afrikanerin im Frühstadium.

Du entfliehst der Zelle deiner Einsamkeit und steigst hinab ins Leben. Stürzt durch den Rutenlauf der Blicke, winkende Gassen, *chériii* zischende Kobras, die dich einwiegen in ihren Tempelleib. Du trittst ein, schiebst den schweren Filzvorhang beiseite und stehst geblendet vor der Enthüllung deiner dunklen Träume. Im Lichterregen bunter Sternentaler wiegen sich samthäutige Sirenen unter lauen Palmenklängen. Alle, auch die Schönste, tanzen nur für dich. Warten auf die Krümmung deines kleinen Fingers, und sie kommen freudig, eine Stunde, eine Nacht, wenn du willst ein Leben. „*Ça dépend de toi* [das hängt von dir ab]", sie ist bereit zu allem. Greifbare Wirklichkeit, die Sünde fleischgeworden. Du fühlst dich als Tempelräuber, der mit einem Kupferling die Jugend kauft. Vor Entsetzen über die Leichtigkeit der hautnahen Erfüllung der Ursucht stürzt du hinaus. Da springt sie aus dem Schatten. Steht ganz still wie eine Murmel auf der Horche. Die Sünde, ausgebreitet auf dem Fell der Nacht. Und du führst sie schweigend um die Ecke, küßt sie und verirrst dich in der Landschaft ihrer Lippen. Knetest ihre Brüste, während sie dich einsaugt, zerwühlst die Reste ihrer Scham, die sich schließt und öffnet wie ein sterbendes Fischmaul, weich und heiß und schleimig. Du versinkst in einen bodenlosen Traum abgestürzter Lemminge. Und du weißt, du bist verloren.

Süchtig nach den schwarzseidigen Kindermädchen, die sich abends vor zerbrochenen Spiegeln schmücken, unter matten Lichtern ihre Nacktheit wiegen wie das gehüftete Insekt zum Brauttanz. Kann nicht aufhören, zum Schlußverkauf den schwarzen Hautsamt durchzuwühlen, immer tiefer in das Geheimnis des verschleierten Bazars zu dringen. Vorbei an der Cirkassin, die bauchtanzt am Tavernentisch und sich hinabbeugt zu den Schnurremännern, die den Geldschein johlend zwischen ihre Brüste fingern. Vorbei an frechen Mädchen unter Flüsterbögen, Loreleis, die dich an die Mauer drücken, und Rapunzeln, im Wellenhaar ertränkt.

Dort hinten unterm *Baobab* [Affenbrotbaum] stehen sie gedrängt, die schüchternen *Kirdi*-Mädchen[7]. Winden ihren Schlangenleib um den langen Hirtenstab, aus dem sie kleine Flöten schnitzen, den Geliebten anzulocken aus den Bergen. Ein Sehnen, das wie Zahnweh hin zu denen zieht, die im Schatten leben.

Süchtig nach der Abwechslung. Jede windet sich und zischt und beißt, baist anders. Aus dem Korb der Schlangenleiber diejenige herausziehen, die derselbe Ekel quält, sich zur Erlösung durchzubaisen wie der Maulwurf nach der Sonne. Aus den stumpfen Rüssellippen dünngepreßte Pfiffe locken. Sie einstreicheln, betäuben, ihr den Stachel des Orgasmus eintreiben und ein *je t' aime, oui, oui, je t' aime* herausquetschen. Den Wahnsinn miterleben, der ihr die Augen rückwärts dreht und sie verblödet auf die Schädeldecke starrt, wenn sie auszuckt wie ein wundes Tier. Wenn die Liebenden zusammensacken wie Leiber in den Verbrennungsöfen, der *Tsunami* [japan. Sturzflut] stürzt und alles in den Abgrund saugt.

Sich täglich neu verlieben, Aufwind dem müden Drachen. Das Janusgesicht der Verzweiflung hinter der Lächelmaske des reifen Verführers. Der Schauer des Erstaunens, wenn du eintrittst in die Kühle ihrer Höhle, die nassen Wände vorwärts tastest bis zum Stalaktitenvorhang, ihn mit einem Stoß durchbrichst. Der Götze mit den Dutzendarmen den Faustkeil in die Yoni schleudert, bis zum Ellbogen in der wehenzuckenden Gebärmutter räumt, während die blutverschmierten Finger die Spitze ihres Herzens kitzlern.

Süchtig nach der Hingabe. Kann nicht aufhören zu hören auf den Gesang der Grillenbeine in der Hitze, bis sie aufschreit mit zerdrückten Augen, das Hallelujahmädchen aus dem Kirchenchor. Aus dem Abgrund ihrer Seele immer höher schreit den Namen ihres jeweiligen Herrn, während sie sich aufbäumt, sturmgepeitschte Zitterpappel, und zum Crescendo-Credo ansetzt. Zahngefletscht die schreiende Entblößung, der Wahnsinn ein Champagnerpropfen durch die Schädeldecke fliegt und mit der Saugkraft der zerfetzten Flugzeugluke das Gehirn an den Horizont des Urknalls schleudert. Oder in den nächsten Whisky.

Die Sucht zur Sucht. Nach der Sehnsucht die Erlebnissucht, Reisesucht, Arbeitssucht, Hausbausucht und nun die Frauensucht. Wann kommt die Ruhesucht?

Ausruhen in ihrem Blumengarten, zurückgelehnt auf Seidenkissen am Bach aus klarem Wein und Honig, umkost von großäugigen Houris mit den Pupillen eines Raubtiers. Schmiegen sich an dich und flüstern: „*Chéri,* wieviel gibst du mir?"

Und aus dem Himmel schallt der Chor der Discoengel: ‚Dies ist unser Vielgeliebter, heimgekehrt ins Freudenhaus der Liebe.'

Noch ein Whisky und ich schleiche zum Zimmer, in dem Rafael schläft. Mein Sohn, der mich beobachtet: nachts durch Lider aus Libellenflügeln, am Tag aus dunklen Augenwinkeln.

Beim Baisen überrascht zu werden, der fette weiße Vater zwischen den schwarzen hochgestellten schlanken Tochterbeinen, nur einige Jahre älter als Rafael. Ein Bild, das wir beide fürchten.

Panisch versuche ich, vor ihm mein Hurenleben zu verbergen.

Gehe erst aus, wenn er fest schläft. Verwische alle Spuren nach der Schlacht: Trinkgläser, Aschenbecher, Pornohefte, Pornovideo, abgestreifte Kleider, Schuhe, Höschen, Haarschmuck, Teile von Ohrgehängen, Kettchen, Zöpfe, ganze Bündel abgerissener Plastikzöpfe.

Im Morgengrauen stürze ich zu ihm, um seinem Aufwachen zuvorzukommen. Bereite schlaftrunken das Frühstück, begleite ihn zum Aufzug, unten hupt der Schulbus. Letzte Winke, wenn er mit der Schultertasche in der Lifttüre versinkt. Dann schleiche ich erschöpft zurück zum klimakühlen Grabtuch mit dem warmen Leib und betäube mich am parfumierten Fischgeruch.

Wir sprachen uns ab, daß eine geschlossene Schlafzimmertüre ‚nicht stören' bedeutet. Doch wenn ich verschlafe und vergessen habe, abzusperren, schleicht Rafael hinein, um mir den Abschiedskuß zu geben. Dann sieht er sie liegen, Kraushaare und Zehenspitzen aus dem Leintuch ragend.

Rafael, das einzige, das übrig blieb aus dem Gemetzel. Vater, Mutter, Schwester, Schwiegermutter, alle tot, vom Leben überfahren. Nur wir zwei überlebten diesen Wahnsinn.

Als seine erhängte Mutter in der Kühlkammer des Schlachthauses auf den Abflug wartete, belog ich ihn. „Sie ist krank, muß nach Hause fliegen. Und ich begleite sie."
„Ist sie sehr krank? Sehr, sehr krank?"

„Ja, vielleicht wird sie sterben." Er fragte nicht weiter.

Vor dem Abflug nahm ich seinen Vogelkopf in meine Zitterhände und sagte ihm die Wahrheit. Da sah er mich an, der Sechsjährige, fest und lange und sagte: „Das wußte ich schon." Als ich vor dem Teufelsgrinsen der nackt erhängten Wachspuppe hinausstürzte und in die Welt schrie: „Sie ist tot, sie ist tot", spielte er beim Nachbarn, die ihn sofort ins Haus zogen.

Damals schlossen wir einen Pakt. Immer würden wir zusammenhalten, egal, was komme. Keine Frau, kein Mann könne uns trennen. „Niemals", schwor ich unter Tränen, „werde ich dich verlassen."

Täglich verlasse ich ihn. Renne zu den Nutten, statt mit ihm zu spielen. Bringe ihn zu Bett und schleiche mich davon, anstelle gähnend auf einen Film zu glotzen, der ihn erschöpft in meinen Armen einschläfert.

Der stumme Schmerz, der wie eine Ratte an seinem Vogelherzen nagt. Die Schmach, die Liebe seines Vaters mit diesen Mädchen teilen zu müssen. Rafael weiß alles, wenn auch nicht das wahre Ausmaß. Weiß auch von SIDA, wird ja überall davon gesprochen.

Früher fragte er noch, ob ich dieses oder jenes Mädchen

habe testen lassen. Doch als immer mehr positive Ergebnisse zurückkamen, verstummte ich. Wie er.

Jetzt fragt er gar nichts mehr. Will mir die Lüge ersparen. Vielleicht hofft er, ich wüßte, was ich tue, wie ich mich schützen könnte. Vielleicht betet er für mich, bevor er einschläft. Betet zu der toten Mutter, daß dieser ganze Alptraum vorübergehe, diese Mädchen wieder so verschwinden wie sie aufgetaucht sind, und ich unversehrt daraus hervorginge.

„Gehst du heute wieder aus?“ Die helle, neugierige Stimme und die Angstaugen, als er mein Zögern bemerkt. „Nein, ich bleibe da, bei dir.“ „Gut“, und schlingt wie ein verliebtes Mädchen seine dünnen Arme um mich.

Wortlos liegen wir aneinander, lange. Müde blickt er mich an und rollt zur Wand. Im Halbschlaf dreht er sich zurück, umklammert mich und verzuckt wie ein überfahrener Hund.

Träume fädeln durch das Öhr seiner bedrängten Seele.

Es ist so dunkel in dem großen Haus am Waldrand. Der Sturm klopft an die Fensterläden. Ein Kind fällt aus dem Bett und weint. Es sucht das warme Muttertier. Weinend eilt es hinaus, doch jede Tür führt in einen anderen, noch dunkleren Raum. Plötzlich eine Lichtflut, die ihn blendet. „Was ist, hast du schlecht geträumt? Na, komm schon“, ruft sie und steht auf vom Brief, den sie ihrem fernen Geliebten schreibt. Und er gräbt sich in den Bauch, der ihn geboren. Sie beugt sich über ihn und küßt ihn. Und ihre Tränen verschmelzen, sein Beben fließt in sie, wühlt sie auf, während es ihn beruhigt. „Ist schon gut, Mama ist ja bei dir, geht nie mehr fort, bleibt immer bei dir.“ Dann trägt sie ihn zurück, und schläft auf ihm ein, während der Schnee sein Brautkleid über die vereisten Gräber wirft.

Früher noch versuchte ich, ihm die Mädchen vorzustellen, sie mit meiner Einsamkeit zu entschuldigen. Das verstand er auch, mir zuliebe, obwohl er die Gefahr schon witterte. Viele Mädchen, die ihn trotz meiner Vorsicht zu Gesicht bekommen, bemühen sich um seine Liebe. Wollen ihn umarmen, küssen, mit ihm reden. Erwachende Muttergefühle, oder in der Hoffnung, sie im Falle seiner Zuneigung als ständige Freundin zu behalten. Oder einfach Neugier, wie er reagiert, der kleine Weiße, das Negerlein im Negativ.

Küssen haßt er. Erschrocken weichen sie zurück, wenn er sich bei der geringsten Berührung heftig wehrt. Sehen es als angeborenen Rassismus an, obwohl er sich nur fürchtet. Vor einer schwarzen Mutter etwa.

Die ersten Mädchen nahm er noch wahr. Erinnerte sich ihrer Namen, fragte lange Zeit nach ihnen. Doch als der Wahnsinn anfing und sie beinahe täglich wechselten, gab er auf. Sie verloren ihre Individualität, wurden zum Sammelbegriff: die schwarzen Mädchen. Schattenspiele.

Manchmal bleiben sie den ganzen Tag im Bett oder lümmeln herum, räumen den Kühlschrank aus und lassen sich vom Boy bedienen. Um zu vermeiden, daß Rafael sie nach der Schule sieht, stehle ich mich mittags von der Arbeit und wühle mich durch den Verkehr. Welche Erleichterung, wenn die Wohnung leer ist. Angstblick auf die Uhr, wenn sie noch schlafen. Die auf Erpressung aus sind, weisen jede Andeutung zum Wegschicken mit Zischlauten zurück und stoßen mich von sich. *Dieu merci,* wenn sie mit Scheinen vollgepumpt im Lift versinken, abgespült in die *cité.*

Manchmal mißlingt es, und sie versauen uns das Wochenende.

Und wieder ein hellblauer Sonnentag, an dem die Fledermäuse hilflos in den Bäumen hängen. Ich öffne die Türe und da stehen sie schon augenbettelnd, unsere Tiere. Damals, im andern Haus im andern Land, fütterte sonntags Rafael den zugelaufenen Zoo: Hunde, die regelmäßig an der Staupe starben. Katzenbabies, die der Wächter mit einem Plastiksack im Fluß ertränkte oder mit der Gartenschere köpfte, einmal vor Rafaels entsetzten Augen. Papageien, die nie sprechen lernten, obwohl er ihnen einen Monat jeden Morgen seinen Namen vorsang. Ein Affe, der die Frauen in den Hintern biß und an den Männerbeinen masturbierte.

Unser Sonntagsfrühstück, Rafael und ich. Kein Hausboy, keine Mädchen, nur wir zwei. Steinhartes Ei, verbrannter Toast, schlecht abgerührte Pulvermilch. Für mich ein Gläschen Weißwein oder zwei. In der Klimakühle gehen wir nackt herum, er mit verschämter Unterhose, während draußen die Neutronenbombe glüht.

Nach dem Frühstück fahren wir an den Fluß. Das Auto vollgerammelt mit dem Außenbordmotor, Campingbetten, Pölstern und Matratze, allerlei Spiele und der Kühltruhe, darin die Getränke und viel Eis, fertige Bratspieße und Hühnchen, alles schon seit Tagen vorbereitet. Am Autodach ein Schlauchboot und ein kleines Paddelboot für die Kinder, die Rafael begleiten.

Abends unter der Bettlampe, erschöpft und rothäutig, wollte er noch eine Geschichte. Am meisten interessierte ihn, wie die Welt aussah, „als du noch ein Baby warst?" Oder Pläne für die nächsten Ferien: Mit dem Fahrrad unterwegs, im Zelt mitten unter Pfirsichbäumen, die am Morgen taufrisch vor dem Eingang hängen. „Bis der Bauer mit dem Sprühwagen anrollt und uns vergiftet." Da lacht er und kuschelt sich an mich.

In seinem keuschen Bett in sündloser Umarmung liegen, wenn er auszuckt unter scheuen Küssen und seine Fingerwürmer meinen nackten Rücken streicheln. Unter dem Klimagerät, das ihn wie Wellenrauschen an den lauen Stränden in den Schlaf trägt. In das Blinzeln der Gestirne träumen und den Schakalen lauschen, die den Mond anbellen. Gott des Erbarmens, laß mich auszucken in deinen Armen wie du, mein Sohn, in diesen Nächten.

Meine Not halte ich geheim wie einen verfluchten Schatz. Kann mit niemand mehr darüber reden. Als ich noch mit weißen Frauen Umgang hatte, beneidete man mich. Bei der ersten Schwarzen bewunderten noch manche ihre Schönheit und meinen Mut. Doch als der Wahnsinn anfing, kehrten sich alle ab.

Immer weniger Besuche, vielleicht aus Angst, sie könnten mich mit einer überraschen. Immer seltener die Einladungen, vielleicht aus Angst, ich würde eine mitnehmen. Die weißen Frauen ächten mich wie einen Aussätzigen. Die Männer beneiden und verachten mich, der sich die Lust zu Schleuderpreisen holt. Eine Rassenschande, das Laster der Ausgerutschten, der aus der Schar der anständigen Verdiener Ausgetretenen.

Meine Einsamkeit wächst mit der Zahl der Frauen. Welches Rätsel. Jahrzehntelang suchte ich die Frauen, daß sie meine Einsamkeit vertrieben. Träumte in durchwühlten Nächten von der Einen, dann der anderen, den anderen und wieder irgendeiner Einen, Einzigen, die mich niemals mehr verlassen würde. Bis die Suche sich zur Flucht verkehrte. Flucht aus den aufgezwungenen Beziehungen.

Als ich durch den Dschungel watete, regneten feine Würmer von den Bäumen und hängten sich unbemerkt auf meine nackte Brust. Schwollen zu blutgetränkten Egeln, die mich schmerzhaft in die Tiefe zogen. Ich keuchte immer höher, bis ich alleine war mit meinen Parasiten. Dann riß ich sie heraus, einen nach dem andern. Manche waren überrascht, fielen lautlos ab und weinten höchstens. Andere sträubten sich, ließen sich nur mit List herausdrehen. Die sich schon sehr früh anhängten, wurden ausgebrannt und hinterließen ein Geschwür, das nie mehr heilte. Dann lagen sie zu meinen Füßen, räkten sich empor und wimmerten aus dünnen Hälsen. Ich stieg darauf und trat die Maische, die durch die Zehen quoll. Solange watete ich in meinem

Blut, bis sie ertranken. Als auch das letzte Jammern starb, ward es plötzlich still. Meine Brust ein zerfetzter Käfig, in dem das Herz wie ein ausgebleichter Fötus pochte. Der Kopf ein ungeplatzter Schrei.

Ich schrie nach unten, auf das verschneite Dorf mit dem Zwiebelturm, der meine Jugend einläutete. Ich schrie hinauf, in das dunkelblaue Loch der Wolken, die meine Sehnsucht jagte.

Dann horchte ich, Gestrandeter der Arche, die hohle Hand am Muschelohr wie der Sänger aus dem Osten. Heulender Derwisch, der in die Wüste lauscht, dem Lachen der Schakale. Eine ganze Hoffnung lang.

Dann stieg ich hinab. Immer schneller, bis ich taumelte und in der Dornenschlinge hängenblieb, die Stirn zerrissen.

Ekel vor der Krake, die am Grotteneingang wartet, mich in der Umarmung zu erwürgen. Ekel, hineinzutauchen in die Lust, die aus den ausgebombten Hinterhöfen räkelt. Ekel vor der Hitze, dem tanzenden Urindampf. Ekel vor den Diskohöhlen, die Primitivmusik mit Preßluftklängen auf die Hoden hämmern, während die Hure Babylein mit blutgeschminktem Lachen durch die Straßen tanzt. Ekel vor den Todgeweihten, die sich an die Theke klammern, ihre Sehnsucht im Alkohol ertrinken, und dann wie Lemminge auf die Sirenen stürzen. Ekel vor dieser Stadt mit ihrem Todestreiben.

Ich renne auf und ab im Gehege hoch über den Menschen. Greife nach allem, was mich hier halten könnte, Bücher, Schallplatten, verwelkte Zeitschriften. Die Gespenster der Vergeudung. All die Frauen, all die Lust, all das Suchen und Verlieren.

Renne zu Rafael, bleibe stehen und starre durch die geschlossene Türe. Da liegt er, im bunten Pyjama, Decke am Boden, in der Klimakälte eingekrümmt. Umklammert das

Stofftier, das ihm seine Mutter hinterließ. Unter den blauen Lidern mit den langen Seidenwimpern zucken Gewitterträume.

Entlang des dunklen Ganges hängen Spiegel, die in stumme Leere gähnen. Das Bett, groß und weiß und glatt. Darauf räkelt sich die schwarze Python mit dem kleinen Krausekopf, Flachnase und Lippenrüssel, der sich dürstend aufwärts krümmt. *Tu veux?*, und sieht mich hurig an. Sieht mich noch immer an aus längst erwürgten Augen.

Auf den Balkon, zum Abgrund. Rafael steht davor und weint aus zugedrückten Augen. Zurück zum Kühlschrank, ein Schluckglas Whisky Soda, das zweite im Salon. Musik, nein, das neue Buch, nein, die alte Zeitung. Die Unruhe steigt. Das Tier im Käfig. Hetze zum Toilettenspiegel, starre in ein fremdes, aufgedunsenes Gesicht mit Veilchen-Lippen und bösen roten Augen. Der Teufel. Ich lache ihn aus. Meine Augen werden ernst, verdrehen sich zu stummen Leid. Tod und Teufel an der Arbeit. Überall Spiegel, die Wohnung wird zum Gruselkabinett.

Vor dem großen Spiegel steht sie, Hände im Nacken gefaltet. Kreisend wiegt sie ihren nackten Leib. Um die Hüfte eine dünne Korallenkette mit einem winzigen Ledertäschchen unterm Nabel. Der *kri kri* [Amulett], der über ihre Yoni wacht, sie beschützt vor ungewollten Kindern, Krankheit, Alter, SIDA. Weiße Krallenhände kneten ihren schwarzen Busen, Engerlinge reiben ihre rosa Knospe in der feuchten Kraterspalte, während das schwarzweiße Doppelkopfmonster über der Schulter lauert, wie ein brauner Herrenpilz mit violetter Kappe von hinten ihre Klafter sprengt und das schwarze Bein an der Wand hochspreizt. Beide starren auf das Fuhrwerk der Vereinigung, dann wieder verblödet in den Spiegel, bis ihr Kopf zurücksinkt und die Lippen auf die Decke gähnen. Sie vergißt zu atmen, bis ein gepreßtes, dann befreites , ahhh ' durch die gefletschten Zahnkorallen schießt. Sie reißen sich zu Boden, balgen und beruhigen sich mit Streicheln, schwarzweiße Siamesen verbunden mit der Nabelschnur des Lingam.

Ich flüchte auf den Balkon. Nackt trete ich vor die Millionen, die mir aus den Elendshütten zujubeln. Ich segne euch, *urbi et orbi.*

Unten schrilles Weiberkreischen, dazwischen böses Männerlachen. Lumpenproletarier, die sich die harten Schädel für eine weiche Yoni einschlagen. Sollen sie, mir egal. Ich stehe zu hoch über den Menschen.

Tief über das Geländer gebeugt starre ich in den Abgrund. Dann krieche ich darüber. Vorsichtig, um einen Unfall auszuschließen. Bleibe lange hängen mit dem Rücken zur Tiefe. Dann bücke ich mich, umschlinge mit der Achsel das Geländer, drehe mich langsam in der Hocke um und starre in den Abgrund. Der nackte Höhlenmensch, reduziert auf Defäkation. Ich komme nicht mehr auf, darf mich auch nicht umdrehen, verscheuche einen Wadenkrampf. Schließe die Augen, möchte um Hilfe schreien.

Stadt am Abgrund. Die Ratte ausgerutscht, und alles ist vorbei. Dann bin ich bei ihr und wir lieben uns im Grabe. Keine Angst mehr vor dem russischen Roulette. Gewißheit ohne Testen. Kein sinnloses Weiterleben, keine Verantwortung. Alle Schuldgefühle abgeschoben.

Plötzlich der Wunsch nach einem brechenden Geländer. Der Absturz ohne meine Schuld. Für Rafael mit dem Geländer an den Rücken geklammert in die Tiefe stürzen. Doch meine Nacktheit könnte gegen meine Unschuld sprechen. Wozu auch Selbstmord, jetzt, am Höhepunkt? *The party is not over.* Besser, sich mit einem zweiten nackten Leib von dort unten zu vergnügen. Gleiche Entfernung, gleiches Resultat, nur aufgeschoben.

Wind stößt auf vom dunklen Fluß und kühlt den Fieberkörper. Fröstelnd und verjuckt versuche ich erst durch die Stäbe zu schlüpfen, dann aus der Hocke das Bein über das Geländer zu schlingen. Aus dem Niemandsland von Tod und Leben trete ich auf Saugnäpfen rücklings durch die Balkontüre. Von dort zum Kühlschrank, aus dem ich zitternd trinke.

Es läutet. Freund oder Feind? Da, wieder, lange und schmerzhaft. Ich schleiche lautlos an die Tür, noch immer nackt. Blicke durch das Guckloch mit der Fischaugenlinse. Anne, an die Wand gelehnt und wartet. Blickt stumpf auf den Boden, dreht sich, greift zur Klingel. Obwohl ich jede einzelne ihrer Bewegungen beobachte, zucke ich zusammen, als sie läutet. Ihr Finger bleibt an der Klingel kleben, lange und schmerzhaft wie der Dentistenhaken in einer tiefen Karies. Ihr Gesicht ist von Haß verzerrt. Endlich gibt sie auf, lehnt sich wieder an die Wand und wartet. Sie weiß, daß Rafael schläft, will erreichen, daß er ihr aufmacht. Dann bricht sie ein, räumt alles ab und verschwindet. Oder legt sich ins Bett und wartet, bis ich mit einer andern komme. Verläßt nicht mehr die Wohnung unter Hundert Dollar.

Die schöne Anne, nackte Erpressung. Vor einem Monat stand das Militär mit Stahlhelm und Gewehr vor meiner Tür. Sie dazwischen, die hilflose Kleine, vom perversen weißen Monster gezwungen, sie in den Mund zu baisen, bis sie sterbenskrank wurde, jaja, auch SIDA. Teures Ende. Seitdem leben Rafael und ich im Zustand der Belagerung.

Sie bewegt sich wieder, beugt sich vor, ihr vom Fischauge verzogenes Gesicht kommt näher. Jetzt ihr Auge, die Pupille, ein schwarzer Kontinent auf Zentimeternähe. So nah und tief sah ich noch niemand in die Augen, außer beim Optiker. Ich zucke zurück, obwohl ich weiß, daß sie nichts sehen kann, nicht einmal Licht-Dunkel. Habe es mit Rafael ausprobiert. Jetzt weicht sie zurück. Läutet wieder wie eine zornige Hornisse und wartet. Dann kauert sie sich an die Wand. Richtet sich für die Nacht.

Bestach die Wächter, trotz meines ausdrücklichen Befehls, keine schwarzen Mädchen ohne meine Zustimmung heraufzulassen. Die Wächter haben ihr wahrscheinlich auch erzählt, daß ich zuhause sei. Doch bei den zahlreichen Ausgängen ist das nicht sicher.

Herrlich, ich kann nicht ausgehen. Anne hat für mich entschieden, mir die Qual der Wahl erspart. Ich muß den Bunker hüten, darf Rafael bewachen. Kann mich betrinken, oder ein Buch lesen und zeitig schlafen, wenn nötig masturbieren. Die Freiheit des Gefangenen. Darauf ein Whisky pur und ich schlüpfe in den Djellabiyah.

Nach langer Zeit schleiche ich zurück zum Guckloch. Sie ist weg. Vorsicht, sie versteckt sich um die Ecke. Mache ich auf, stürzt sie hervor und in die Wohnung. Besser noch ein wenig warten. Noch einen Drink. Dann öffne ich, langsam, lautlos. Alles still. Schleiche barfuß um die Ecke, pralle zurück vor ihrem Geist. Sie ist verschwunden.

Der Wink des Schicksals. Alle Hemmnisse hinweggespült. Es ist Freitag, die besucherfreie Nacht, die ich aufgespart habe zum Kauf von Frischfleisch. Dies zu versäumen, hieße, eine Woche lang an abgekochten Knochen nagen.

Nur noch kurze Zeit, dann ist alles aus, in Schnee und Eis begraben. Niemals mehr einen jungen, schönen Mädchenleib besitzen, ein Gedanke, der mir das Bewußtsein sprengt.

Noch ein *Whisky on the rocks.* Die Sinnesnebel steigen auf. Und noch einen, kommt billiger als in der Disco. Immer sparen, auch bei den Frauen. Niedriger Stückpreis, dafür ein voller Einkaufswagen. Quantität statt Qualität. Sind doch alle gleich, alles bezahlte Liebe. Gibt's noch eine andere, unbezahlbare?

Alles vorbereiten zum Empfang, allzeit bereit für's Traummädchen. Pornofilm einwerfen, die Stelle mit dem Neger, der mit seinem Riesenspaß die dralle Weiße spießt, bis sie aus allen Löchern wiehert. Ich hasse Porno, Strip tease, Voyeurismus jeder Art. Verachte die Männer, die in den

Zeitungsläden abseits stehen und verschämt in den Körpern blättern oder in den Porno-Kinos auf die Ungeheuer starren.

Die Mädchen sind davon begeistert. Betteln um die Pornohefte, oder stehlen sie, die frechen Luder. Für ihre Kunden, sagen sie. Bebrüten in den ausgebombten Hinterhöfen die Formen weißer Brüste, diskutieren die Gesichter, bewundern die Glätte ihrer Schamhaare. Manche küssen sie ab und möchten auf der Stelle zu ihr fliegen, einmal nur im Leben eine nackte Weiße streicheln.

Bei den Pornofilmen lümmeln sie im Sofa, starren mauloffen auf das Geraufe, bei dem grundlos abwechselnd der andere siegt. Plötzlich platzen sie heraus: „*C'est pas possible.* Auf eine Frau zehn Männer. Die Weißen, die sind stark!" Vergessen mich dabei, wenn wir am Boden balgen, das Gesicht zum Film verdreht, oder ich vor ihnen knie und an ihrer Yoni fresse. Durchwühlen immer aufgeregter meine glatten Haare, können nicht entscheiden, welche Yoni sie mehr erregt. Dann pressen sie mit ihren festen Schenkeln meinen Kopf, drehn ihn bis zum Nackenschmerz, ein gepreßtes „ayeee" und sie kippt gelöst zur Seite. Noch schnell ins Nachbeben hineinbaisen, bevor sie rettungslos im Schlaf versinkt. Dann drehe ich den Film ab, da ich nicht eine Minute länger diesen Mist vertrage.

Angst befällt mich, die Kassette würde steckenbleiben und Rafael, die Gäste, der Mechaniker, mein Büro, die ganze Stadt entdeckten mein Geheimnis.

Noch ein Whisky, letzter Aufruf. Potenztest, Peniswurm anreiben. Ich weiß nie im voraus, wie das Ganze ausgeht. Manchmal versagt es aus ungeklärten Gründen. Ihnen egal, solange sie bezahlt werden. Mir aber nicht, nach all den Investitionen. Ärgere mich, um unsere Lust gebracht zu werden, der betrogene Betrüger.

Erst der Gedankenfilm an Finis Kinderpopo, den sie beim Hundebaisen wie ein Dankopfer in meine Hände legt, und die Kopfhörer der Schreie des Wie-heißt-sie-noch-Luders treibt den Blutschwall in den Schwanzkopf.

Samenerguß, die letzte Ausrede. So einfach, ein paar Sekunden weitermachen und all die gestaute Seelenspei rinnt in den Abfluß. Aber das Problem bleibt, *because its all in the mind.*

Schnell noch duschen, um das Warten später besser auszukosten: Während sie den Tanzschweiß abbraust, liege ich im Bett, lausche durch den Lichtspalt auf das Rauschen des Klosetts, das scharfstrahlige Bidetgespüle, Wasserpritscheln, Scheppern der Parfumflaschen, Cremen, Sprays, die sie alle durchprobiert. Unterdessen schärfe ich den Lingam und harre auf das Baisen wie ein Kettenhund am Tor zum Paradies.

Frischgebügelter Khaki, hastiges Frisieren, letzter Spiegelblick und Zähneputzen. Renne ins Schlafzimmer, wo der Schlüssel zum versperrten Geldschrank im Bürozimmer versteckt ist. Renne ins andere Zimmer mit dem Kassaschlüssel. Renne ins Bürozimmer mit dem Kassaschrank. Nehme einen genau berechneten Betrag heraus, den ich mit Datum ins Kontrollheft schreibe: Eintritt für vier Discos und vier Extra-Drinks, einen für mich und je einen für drei Mädchen – oder drei für eine. Dieser Betrag in der Höhe zweier Mädchennächte muß zur Blitzwahl reichen. Seit ich an einer Kreuzung überfallen, aus dem Auto gezerrt und bis auf die Kleider ausgeraubt wurde, trage ich nur wenig Bargeld, und auch das aufgeteilt in zugeknöpften Taschen.

Noch ein Blick mit der Taschenlampe auf das schlafende Gesicht Rafaels, in die frische Wunde stechen und darin das Messer drehen.

Am Gang herrscht Totenstille, nur das Zischen der zentralen Klimaanlage. Ich sperre nicht ab, damit Rafael herauskann. Die Schreckensvision: Ich tanze mit den Nutten, während er verbrennt. Schleiche an der Nachbartür vorbei zum Aufzug. Biedere Franzosen, die mich durch das Spähauge beobachten und sich bedeutungsvoll anblicken. Sehen die Mädchen vor der Türe sitzen oder riechen ihren Geist aus der Parfumflasche. Manche Mädchen irren sich an der Türnummer, was sie mir anfangs noch aufgeregt erzählten. Jetzt lächeln sie nur höhnisch, wenn wir uns begrüßen. Kleinkind mit Pudel, die einander ständig durch die Wohnung jagen. Schimpfen über alles, nichts paßt ihnen. Sie *la belle provençe* mit keckem Busen, darüber greller Babymund und Knopfaugen aus Lapislazuli. Hübsch, wenn sie nicht so verbittert darüber wäre, die letzten Reste ihrer Jugend unter Wilden zu vergeuden.

Er mit Schnurrebart und Bauchwammel in kurzer Hose mit dünnen bleichen, dichtbehaarten Beinen. Verdrückt sich zehn Stunden täglich in der Firma. Sein Chef, ein Schwarzer, der *absolument rien* versteht, ist deshalb auch nie da.

In der Wohnung überall die Spuren emigrierter Kleinbürgerkultur: Vitrine mit bemalten Gläsern, an den Wänden Billigdrucke teurer Maler im lokalen Holzrahmen, auf verschraubbaren Stellagen Lackramsch aus Fernost – ihrem letzten Dienstposten, von dem sie noch immer schwärmt – und am Spannteppich ein protziger Belutschi, den der Hausboy täglich bürstet. Alles wirklich Wertvolle ist in einem Bauernhaus *en France* versteckt. Von der Wand starren zum Beweise zwischenkultureller Toleranz lokale Airport-Masken angewidert auf die Glotze, die nur Video ausspeit. Das lokale Fernsehen ist wie alles hier – winken mit beiden Händen über beide Schultern – *nulle, zéro*. Bad mit rosa Duschhaube, Baby-Doll mit Plastikrüschen, neckisch der gelochte Büstenhalter, der immer hängenbleibt am Wäschekorb, auf den Regalen das Chaos der Flughafenparfums. Dasselbe Bad, dieselben Kacheln wie bei mir, nur die Akteure sind so anders.

Am Freitag, dem Tag der eingeflogenen Austern, gehen sie aus, teures Restaurant mit passendem Wein. Sonst verschanzen sie sich hinter den neuesten zollfreien Elektronenspielchen und Videos, in jedem Zimmer ein Gerät, wegen des unterschiedlichen Geschmacks.

Der Aufzug saust achtzehn Stockwerke in die Tiefgarage, vorbei an den video-glotzenden Schlafhöhlen. In einer wohnt mein Chef. Da er manchmal von Telegrammen der Zentrale aus dem Schlaf geholt wird, kann sein Auftauchen im Lift gefährlich werden. Die andern gehen nie nach zehn Uhr abends aus. Verlogene Bürokraten und frustrierte Frauen, deren Trauermiene nur ein Sonnenbrand, ein Tennissieg oder Gehaltserhöhung aufhellt. Alles Puritaner und Rassisten, die mich liebend kreuzigten, wenn sie wüßten. Sonntags rennen sie in die Kirche oder fahren an den Fluß. Samstag abends gehen alle aus, Pizza oder Party. Dann muß ich aufpassen, wenn sie zur gleichen Zeit wie ich nach Hause kommen.

Im sechsten Stock gehts hoch her wie jede Nacht. Der Aufzug stoppt, zwei Duftmädchen steigen ein, schauen kurz auf mich und denken angestrengt an einen anderen. Der Sohn des Landesvaters haust hier. Ein Superbaiser, dessen *gorille* [Leibwächter] ihm die Frauen lastwagenweise vor die Wohnung kippen. Beim Wegschleppen gibt es meist *bagarre* [Streiterei], die in den Aufzug überschwappt: Vom *gorille* mit der Pistole abgefuchtelt, schreien die Frauen in Lingala und französisch *salaud* [gemeiner Kerl], *c'est pas possible*. Der Gorilla strotzt vor Haß: die Nutten glaubten wohl, schon den großen Coup gemacht zu haben, während er für täglich fünfzehn Stunden in einem Monat weniger verdient als sie in einer Nacht.

Im Erdgeschoß steigen alle aus und gießen ihr Palaver auf den Gehsteig. Nachdem sie das Militär passiert haben, kehrt der *gorille* zurück in seine Höhle.

Weiter gehts zur Tiefgarage, Autoparkplatz. Kurve um quietschende Kurve hinauf wie in Chicago. Vorbei am weißen Lamborghini des Hurensohns, Kennzeichen Monaco. Dort verspielt er jährlich Millionen – Dollars, nicht die Dreckscheine seines Vaters Landes. Mit dem Schlitten kann er den zehn Kilometer langen Boulevard im Kreise fahren. Die übrigen Straßen des größten Landes südlich der Sahara sind längst verfallen.

Stop am geschlossenen Garagentor, vor dem ein zerlumpter Wächter auf der Matte schläft. Daneben ein Soldat mit Helm als Kopfkissen, das Gewehr liebevoll umschlungen. Zum Glück nicht der *Salo*, der mich erst kürzlich mit einer Fünfzehnjährigen erwischte, die unterm Rücksitz lag. Teurer Spaß.

Reiche dem dümmlichen Wächter einige Scheine, die Hälfte für den Soldaten, damit sie bei der Rückkehr Ruhe geben. *Merci patron*.

Den Wächtern kommt eine Schlüsselrolle zu im reibungungslosen Lauf des Mädchenkarussels. Sie bestimmen, wer durchgelassen wird, auch wenn dies meist nur von der Höhe des *matabishe* abhängt. Wenn eine Scherereien macht und die Wohnung nicht verlassen will, hole ich die Wächter, die mit ihr verhandeln – und später mit ihr teilen. Maßvoll, darum verhandeln auch die Mädchen lieber mit ihnen als mit den Soldaten, die nur von Erpressung leben. Mit manchen meiner Mädchen freunden sich die Wächter an, lassen sie auf ihrem Stuhl sitzen und mitessen, wenn sie auf mich warten. „So viele Mädchen, der *docteur*, zu viele. Was macht er nur mit allen?“ Rafael lieben sie, begleiten ihn zum Schulbus, palavern, um ihn nach mir auszufragen. Er fühlt sich geehrt und steckt ihnen manchmal einen Stinkschein zu. Dann lachen alle, streicheln ihn und klatschen sich auf die Schenkel. Bemitleiden abwechselnd mich, wenn die Scherereien bis zu ihnen dringen, und die Mädchen, die sich über mich beschweren.

Zweimal um die Ecke kurven, und ich bin am Grand Boulevard. Hektisch am Tage, jetzt leergefegt, die pulslose Aorta einer Geisterstadt. Schalte die Klimakühlung ein, kurble das Fenster hoch und verschließe alle Türen. Wegen der Räuberbanden, die plötzlich aus den Bäumeschatten springen, sich vors Auto stellen und die Tür aufreißen.

Die ersten Straßenmädchen zischen, winkende Sirenen, die wie Schwarzwild in die Scheinwerfer springen. Manche erkennen das Auto, rennen im Rückspiegel zur Straßenmitte, bücken sich weit vorwärts, während sie die Arme durch die gespreizten Beine schwingen: *„par là, par là*, da geht's lang, da mußt du hineinfahren."

Wenn du stehenbleibst, setzen sie sich aufs Auto und beschimpfen dich: „Alter Salo, ich bring dich um." Reißen den Seitenspiegel ab und die Antenne aus, zertrümmern das Heckfenster, das beim nächsten Urlaub eingeschleppt wird. Unter den Abgetakelten tanzt mitunter auch ein junger Traumbusen, dem die Disco noch versperrt ist. Kommt das Militär, laufen sie davon. Nicht aus Angst vor dem Gefängnis, sondern vor dem Baisen in den unbequemen Jeeps. Nicht aus Angst vorm Baisen, sondern weil die Soldaten nie zahlen und sie bis auf die Unterwäsche ausrauben. Und alle SIDA haben. Die Boulevardmädchen sind für die Touristen. Wechseln ständig, klettern in die Discos oder stürzen in die *quartiers* ab, werden schwanger und fahren in ihr Heimatdorf zum Werfen. Oder gewinnen den Jackpot, einen Weißen, der sie ausfliegt. Oder sterben von der Straße weg.

La Cite

Beim Rond-point des Postgebäudes vom Boulevard links abgebogen, ein paar hundert Meter entlang der Avenue Kasavubu, und die *cité* beginnt zu tanzen. Immer mehr Menschen, Musik, beleuchtete Lokale, und Mädchen, sooo viele Mädchen. Allein, zu zweit, in Rudeln, mit engen Jeans und T-shirts, in kurzen Röcken und schulterbreiten Blusen mit ausgeschnittenen Ärmeln, durch die man auf den prallen Busen sieht. Die meisten tragen einen knöchellangen Lendenschurz, der ihr Becken noch mehr aufreizt als ein Mini. Alle warten sie auf etwas, am Straßenrand, den Standplätzen der *fula fula* [Gemeinschaftstaxi, meist ein uralter Renault Combi mit offener Ladefläche, auf der bis zu dreißig Personen stehen; hohe Unfallsrate], an den Haltestellen der Busse, die nie kommen, vor den schiefen Türen der Elendshütten mit dem Stundenbett. Bleibt ein Auto stehen, rennen mehrere zugleich und streiten, wer gemeint war.

Rollende Blicke, die zur Seite winken, lachen, wenn du dich umdrehst. Springen vor und nach dem Auto auf die Straße und winken oder lachen schon das nächste an. *It is la-dies night, and the feel is right, yeeaah*.

Die Stunde der *n'gandas,* blaurotgrüne Lichter, krächzende Musik. In den Eisensesseln lungern Männer mit ausgestreckten Beinen und handgestütztem Kopf. Dazwischen wiegt und schwankt der Riesenhintern der *mama serveuse* zur *Musique en Afrique, Africa la Musica*. Küßchengrüßt nach allen Seiten, klatscht begeistert in die Hände und verbeugt sich tief vor Lachen, wenn sie nicht gerade Flaschen aufbeißt.

Langsam fahren, Kühlung aus, Fenster runter, hier wird keiner überfallen. Und wenn, gibt es einen Riesenspaß. Heiße Luft strömt mit dem Leben ein. Ich bewege mich zum Rhythmus der Musik, singe mit, schnalze mit den Händen, nicke rechts und winke links den Mädchen, die vor Lachen kugeln, dann plötzlich ernst werden und ins Fenster schreien: „*Attend, attend,* nimm mich mit, ich bin's, die du suchst, *pourquoi pas?*"

Immer tiefer ins Inferno. Alle lachen, wenn die Autos in die Straßenlöcher krachen. Ausgekrochen aus den Elendslöchern wie die Würmer nach dem Regen preisen sie nun ihre Luxuslöcher an. Das Leben ist ein Karneval.

Die Befreiung. Befreiung von der Angst, der Traurigkeit, der Erbschuld. Zwei Kilometer weiter ruhen die reichen Leichen, die mit Geld das Leben kaufen wollen, während die hier noch den Tod auslachen.

Am Ende einer dunklen Holperstraße stehen Autos vor dem schwachlampigen Eingang. Musik dröhnt über die brüchige Betonmauer. Zerlumpte Kinder rasen her. „*Patron, moi garder la voiture* [ich bewachen Auto]." Stärkere verdrängen den Kleinen im zerfetzten Nachthemd. Palaver, kurze Rauferei, alles Show, denn alle unterstehn dem gleichen Boß. Ich kontrolliere alle Türen und gehe lustlos auf den Eingang zu.

Ein wackeliger Tisch, auf dem ein nacktbrüstiger Ringer mit Schihaube lümmelt. Sperrt angewidert die verrostete Kassa auf und zu. Während ich auf das Retourgeld warte, sieht er mich frech an. „*Alors?*" lacht er ins Gesicht, klatscht mir einen mürben Stinkschein in meine Hand und meint: „Nichts für mich, Papa?“

Schon schwärmen die *abeilles-boîte* [Nachtklub-Bienen] nach allen Seiten aus. *„Chéri,* lädst du mich ein?“ Biegen, drehen ihren Kinderkörper, während die großgeschminkten Augen nach der Hosentasche lechzen. Dann schimpfen sie mir nach. Die ganz Jungen frisch vom Busch reden nur in ihrer Dorfsprache. Ein authentisches Lokal.

Ein paar Schritte weiter reißt ein Zerissener mit verkehrter Baseballkappe die Eintrittskarte durch, denn eine intakte könnte man zur Schihaube zurücktragen und mit ihm das Geld teilen. Umlungert von Mädchen, die schon vorne ohne Ticket durchgelassen wurden und auf seine oder des Besuchers Gunst warten. Ein Superbaiser dieser Mister Tallyman, handelt im Schnellverfahren jede ab, die ohne Zahlen durchzukommen sucht. Stellt sie an die Wand hinter der Toilette, reißt ihr das Kleid hoch, stößt von hinten nach, daß sie die Lust zum Wegrennen verliert und eine andere gewinnt, rupft die verstaubten Blätter vom Gestrüpp und wischt sich damit ab. Verwirrt steht sie noch immer an der Mauer, während er mit Fischaugen, die aus dunkler Tiefe glotzen, eine Karte abreißt.

Die Mädchen betteln wahllos jeden an. Bezahlt man für sie, haken sie sich tänzelnd ein und drehn sich lachend nach den andern um. Nach einigen Schritten reißen sie aus, rennen zurück zum Eingang, holen sich ihren Anteil, und versuchen's mit dem nächsten.

Ein großer Innenhof, betonscheußliche Vorhölle. Zum Sitzen halb zerbrochene Plastikschalen, niedrige Eisensessel mit grünen, gelben und rot zerfledderten Plastikschnüren als Rückenlehne. Eisenhocker, auf der Unterseite angepinselt mit ‚OK Jazz‘, damit sie nicht von den Gästen, den Kellnern oder vom Lokal daneben gestohlen werden. Runde eiserne Tische, die Wackelbeine mit Papierfetzen umwickelt.

In der Mitte das Loch für einen Sonnenschirm, durch das mit der Handkante ausgeschüttetes Bier gewischt wird. Das Lokal ist halb voll und ohne Weiße.

Doch die Bühne kocht schon: sechs schwarze Erzengel mit der Posaune, zwei Saxophone, zwei halbnackte Muskelmänner, die riesige *tamtams* mit Fäusten schlagen, der Schlagzeuger ein zahngebleckter Kohlenheizer, dazu zwei Gitarristen und vier Sänger.

In deren Mitte hüftewiegt ein Mädchen um den Star, *le monstre:* Bauchumfang nicht zu (um)fassen, steckt in einer spezialgefertigten Pyjamahose, die über den Fünfliterflaschenwaden abreißt. Zehennackte Gummisandalen, über dem Wabbelbusen ein weitoffenes Zelt als Nachthemd. Rote aufgerollte Schihaube schräg übers Ohr gezogen, darunter das Gesicht, Darwins *missing link.*

Sein Antlitz eine umgepflügte Landschaft ausgelebten Lasters. Darin stecken kleine böse Schlackenaugen, ausgebrannt von Alkohol und Hashish, zu viel Tamtam und Baisen.

Sein Gehänge liegt unter Bauchhügeln begraben, schwören jedenfalls die Mädchen, die es wissen könnten. Kompensiert diese Ohnmacht mit Verstärkern, die jeden zittern lassen vor der Allmacht seiner Dezibel, *OK Jazz, tout puissant.*

Hinter herzkrankblauen Lippen gähnt zahnlos eine Höhle, aus deren Tiefen ein fledermausblinder Gott singt, heiser und torkelnd, aber direkt ins Stammhirn und stracks hinunter in die Hodeneierstöcke: ‚*Mario, tu es méchant vraiment* [Mario, du bist wirklich gemein]‘, die Geschichte eines Slumstrizzis, der aus dem Nichts mit nichts als seinem Lingam auftaucht. Läßt sich damit von einer alten, vormals reichen Frau aushalten. Baist dazwischen weiter seine Mädchen, bringt sie zu ihr nach Hause, um sich das Hotel zu sparen. Mitten unter ihre Kinder, die mit dem *fula fula* in die Schule fahren müssen, während er mit ihrem Auto seine kleinen Luder rumkutschiert. Bis er ihr den Blechkarren zertrümmert und wieder spurenlos im Dschungelslum verschwindet. Sie aber weint nicht ihrem Geld nach, sondern ihm, der sooo gut baist.

Gräßlich, wie das Monster tanzt. Balanciert von einem Bein aufs andere, dabei droht er ständig umzukippen wie ein übervoller Lastwagen in einer scharfen Kurve. Jetzt dreht er sich um und schupft den Hintern, ein schlecht verkleidetes Bierfaß, stoßweise ins Publikum. Dabei grinst er mit seinem fettschweißigen Polsterschädel über die Schulterberge unter den Hängebusen vor und, ja, jetzt auch zurück und genießt es, wenn die Gäste wiehern.

Anders die Sängerin: ein Gesicht, das auch den kühnsten Kletterer in einen bodenlosen Abgrund stürzt. Dafür eine Figur, die noch einem Toten die Gliedsteife eintreibt. Wiegt sich sanft im Elektronenwind, wenn sie nicht das Monster aus der Fassung rempelt.

Bis auch sie anfängt mit dem Popowackel und ihr dabei zur Gaudi aller das Hautkleid immer weiter Beine rauf und Busen runterrutscht. Zärtlich umklammert sie das Mikrofon, reibt an seiner Peniswurzel und umschleckt die Eichel, während sie mit verdrehten Augen zu den Sternen fleht um Erlösung von einer Liebe ohne Baisen, *sans moyens* [mittellos] und *pour rien* [umsonst].

Einsam unter liebestollen Männern trällert sie von Eifersucht aufs Geld. Bejault das Elend, in das er sie und ihre Kinder stürzte, als er von ihrem täglich frisch gekehrten Kral in den verlausten Bunker einer Jüngeren hinüberwechselte. Diese *pute* [Hure], die 's mit allen treibt wie die Fliegen, die jeden schwarzen Punkt anbaisen in der Meinung, es sei eine Fliege.

Mit einer weltumspannten Geste lädt sie die Posaunenengel zur Stunde des Gerichts. Die springen vor, tanzen an den

Rand der Rampe, heben einen Fuß über den Abgrund, und bewegen Füße und Trompete im gleichen Rhythmus. Hüftewiegend, beinestoßend treten sie auf die Wabbelmasse, die sich unter ihnen eindichtet zu einer wogend wangenschunkelnd bierbesoffnen, armverschlungnen, hirnverschlammten Fleischerwiege, die dem Rand der Welt zuschaukelt.

Massenpsychose, die Engeln werden zu Schlangenbeschwörern. Die Weiber tanzen wild um ihren Fettsteiß, der ihnen mit jeder neuen Drehung zu entwischen droht. Singen mit verzücktem Lidschluß, unterstreichen die besonders schönen Texte mit dem Zeigefinger, den sie beschwörend in den Vollmond recken. Geflügelte Worte, die sie in die Traumwelt fliegen. Beim letzten Wort bleiben sie vergeistert stehen, blicken direkt in den Himmel und lassen die Frohbotschaft mit flacher Hand am tanznassen Busen zergehen. Alle kennen den heiligen Text auswendig. Daher die zugedrückten Augen, die nur beim Bezahlen kurz geöffnet werden und sich zur Umarmung wieder schließen.

Jetzt drängt der Saxophonist nach vorne, biegt den Mikrofonlingam in seine Instrumentenyoni und ejakuliert stoßweise in die riesigen Lautsprecher, die zum Glück nicht alle funktionieren.

Die Trommler schwingen sich auf unsichtbaren Lianen von einem Tamtam zum andern und dreschen mit knorrigen Holzhaken auf die gespannten Trommelfelle aller Ohren.

Bongo bongo bongo I don't wanna leave the Congo, dröhnt es im Bauch, zwingt zu rhythmischen Zuckungen, die nur ein Orgasmus stoppt.

Alle wollen alles vergessen: *Souffrance, misère, la conjoncture* [die (schlechte) Lage der Dinge], vor allem aber SIDA.

Die Engel des Apo-calypso, die alle, auch sich selbst betäuben. Massenhysterie, Opium dem Volk, Henkerschmaus den Ohren. Sänger, Spieler, Tänzer schaukeln im Wasserbett, eine tanzende Kalebasse auf wogender See, die langsam versinkt in der lautlosen Umarmung von Matrosen und Sirenen.

Weich ist die Musik, nicht die Spitzhacke der Sklavenbrüder jenseits des großen Wassers. Sanft wie die schwarze Pfote, die sich um den Lingam schmiegt, während sie dich tief und leer durchschaut. Immer dieselben Klänge, drohende Verlockungen, denen keiner auskommt. Einfach wie das Baisen, kann jeder, wenn auch nicht gleich gut. *N'golo,* die Urkraft, in Beton gepfercht. Immer mehr Menschen drängen in die aufgeheizte Vorhölle.

Plötzlich Stille, relative. Die Bühne räumt sich ab, alles rennt herum. Die Servierer vergessen die Bestellung, die Fotografen blitzen ohne Film, die Bienenmädchen überfliegen ungehemmt den Eingang, und die Männer stürzen vor zur Bühne.

Das Mikrofon kündigt mit unverständlichem Grunzen den Höhepunkt des Abends an, die Geheimwaffe der Show: die *V^2 Go Go girls.*

Halbnackt wie zum Kriegstanz stürmen sie aus einem Loch in der Betonwand auf die Bühne. Werden empfangen von einer johlenden, pfeifenden Horde, die schon gefährlich gähnte. Trompeten jaulen, die Tamtams drängen zur Entscheidungsschlacht, die Gitarristen hoffnungslos verhaspelt und das Monster schlingt sich mit der Stimme eines trunknen Flußpferds um die plötzlich zartgewordene Sängerin.

Entfesselte Körper in den Regenbogenfarben vom *café au lait* Milchmädchen bis zum Kohleteufel schupfen ihre Baströckchen hoch über die Binsenschädel in die Arena schwarzer Stiere. Gesichtslose Köpfe, von fliegenden Zöpfen verhangen, werfen sich vorneab zu Boden. Die Busen rollen aus den viel zu kleinen Körbchen, mit denen auf den

Sommermärkten süße kleine Walderdbeeren feilgeboten werden. Herausfallen, hineinstopfen, beim Niederbeugen wieder herausfallen, herrlich, wie sie mit der Menge lachen und dazwischen immer wieder zeigen, wie man auch ohne Arzt die Arme aus- und einrenkt. Dazu stampfen sie trotzig mit gespreizten Bloßfüßen. Alles im Rhythmus, mit Synkopenabstand zwischen Arm und Bein.

Dann beginnen sie von vorne, diesmal aber von hinten: Geschwollene Gesichter lachen durch die Beine, darüber der Vibratorhintern mit den schwarzen Höschen, die von hundert Männeraugen bis hinauf zum Muttermund durchlöchert werden. Rasende Beckenzuckungen, die noch einem Routinier das Fürchten lehren.

Stufe eins: normale Vertikale im Popowackel, immer schneller, immer höher. Beklatschen dabei die Musiker, während sie mit verdrehtem Kopf die Meute rechts und links auslachen.

Stufe zwei: seitliches Ausschwenken der Hüften, immer weiter, immer höher wollen sie hinaus. Die aufgestützten Hände versuchen sie vergeblich abzubremsen und das wilde Beckenfohlen in eine Kreiselbahn zu lenken.

Da naht endlich die Erlösung: alles still, nur die Trommel rollt, das Monster krabbelt von der Bühne.

Das Mädchen mit den Schlauchhüften und Sumobeinen springt vor, dreht sich um, zeigt dem Volk den Riesenhintern. Rattenstille, nur das dünne Weinen eines Säuglings, der sich fürchtet. Sie steht ganz ruhig, leicht nach vorn gebeugt, Gesicht zur Seite, die Hände zum Gebet gereckt.

Erst bei genauer Betrachtung bemerkt man die rasenden Beckenzuckungen, bei völliger Ruhestellung des übrigen Körpers. Immer heftiger zittert der Unterleib, beginnend an der oberen Hälfte der Oberschenkel und erfaßt allmählich den ganzen Körper. Die Hände, längst entfaltet, zittern seitlich im Delir.

Plötzlich reißt sie sich herum und jongliert die Kugelbrüste schneller als das Augenlicht. Die Musik, die Trommel fallen über sie her und machen sie noch rasender.

Alle wiehern, lachen, heulen, während sie sich weit, noch weiter rückwärtsbeugt und mit immer ruckartigeren Zuckungen die letzten Samentropfen aus dem Publikum herausholt.

Dann wirft sie sich herum, hebt das Haxerl wie zum Pinkeln, tanzt auf einem Bein wie Rumpelstilzchen, tritt rhythmisch in die Luft, der Menge direkt ins Gesicht, springt aus grundloser Befriedigung zur Seite und hinter die Bühne mitten durchs Betonloch, die Leibhaftige. Die andern Mädchen rackern noch kurz weiter und entwischen gleichfalls durch die Mauer.

Das Volk sinkt erschöpft zurück zu seinem *Simba* [Swahili: Löwe, zugleich der Name des hellen Biers] und dem *Tembo* [Swahili: Elefant, wie auch das dunkle Bier genannt wird].

Ein Abend, unvergeßlich bis zum nächsten.

Die Räucherbar nebenan ist rammelvoll. Mädchen, die wie aufgescheuchte Kolibris zwischen Theke und der Toilette schwirren. Küssen innig im Vorbeisegeln flüchtig hingeneigte Männerwangen, antworten auf alle Zurufe mit einem auf- und abwärts singenden *ça va? ça va,* klatschen weit ausgeholt auf die Hände Ehemaliger und Zukünftiger und blasen ihnen lachend Rauch ins Gesicht. Von den Wänden wummert die Musik, keiner versteht den andern, doch alle verstehen sich. Eine Bombenstimmung, welche auch die schwersten Brüter von den Hockern reißt.

Vor den übermütigen Cherimädchen in eine dunkle Ecke flüchten, um ungesehen seine Wahl zu treffen. Die Ruhe vor dem Sturm genießen, das Kreisen vor dem Absturz. Unbekümmert durch den Fleischmarkt schlendern: *pas chère la chair* [nicht teuer das Fleisch].

Da streift mich aus dem Dunkel der Parfumhauch einer Schnuppe. Vorbei gleitet der Schatten eines Mädchenkörpers, der sich auf den Hocker vor mir windet. Ihr Rücken spiegelt meine Blicke und erwidert sie, ohne sich umzudrehen. Nur nicht umdrehen. Der Hocker dreht die Beine an die Theke, doch das Gesicht bleibt abgewandt, das raffinierte Biest.

Das Kraushaar ausgeglüht mit flachen Zangen, frisiert zum frechen Knabenschnitt und besprüht, wie frischgemähtes Gras mit Glitzertau. Enges Leibchen, das irrlichtig aus dem Dunkel glüht. Ein neugieriger Busen lugt unter dem gestützten Arm hervor. Morgenduft der Katze, die im Heu geschlafen, frische Windeltücher flattern in der Frühlingssonne. Am Ohrläppchen glitzert ein Stein, an dem sich Ungestüme leicht den Zahn ausbeißen. Weiche Babyhüften unter dem hautengen Rock, schneller hinaufgeschoben als hinunter. Wie die Edelstuten vor dem Rennen zappeln ihre Beine, deren schwarze Seidenhaut strapslos in die Hüften fließt. Hohe Stöckelschuhe, die hilflos an den Zehen baumeln.

Unbewegt starrt sie auf die Tanzenden. Was die wohl denkt, wenn überhaupt? Ob sie meine Gedanken spürt, sich plötzlich umdreht und mich auslacht? Wie sieht sie aus? Raupenjung mit feuchten Lippen, oder das Entsetzen, das nach dem Baisen aus den Schädelgrüften weht?

„Wollen Sie etwas trinken?“ Tut, als hätt’ sie nichts gehört, spielt die Anständige, das Luder. Ich berühre ihre Schulter wie einen Elektrodraht und wiederhole. Sie dreht sich um und lächelt schüchtern.

Sie ist wunderschön. Babywangen zum Hineinbeißen. Tigerstein als Augen und ein Mund, der ihn mitsamt den Hoden schluckt. Wie eine Ertrinkende greift sie an die Innenseite meines Oberarms, wo die Haut noch weich wie Krokodilbauch, und spielt darauf Klavier, das Biest. Beugt sich vor und prüft von unten, ob es rieselt, entlang der Achselhöhle über die Hüften in die Hoden und zurück ins Stammhirn.

Ich hebe sie mitsamt dem Barhocker heran. So leicht ist sie, wenn sie auf dir beim Baisen sitzt. Sie biegt sich hinauf, umarmt mich fast und haucht: *„Un Coca."*

„Mit Eis?" *„Non,* Zitrone, denn ich bin verkühlt." Dabei lächelt sie verlegen.

„Merci, vous êtes gentil". Das *sch* bleibt auf der Zungenspitze kleben, denn sie lispelt.

Lispelnde Mädchen sind deshalb voller Hingebung, weil beim Zungenkuß der Lispelschleim auf der Katzenzunge haspelt und erst trocknet, wenn im Yonischleim die Samenfaden schwimmen.

Vielleicht schielt sie auch? Schielaugen geben sich auch voll hin, fliegen seitlich ein und entfliehen schreiend wie die Fledermäuse, wenn du versuchst, sie parallel zu baisen.

Sie rutscht den Rock vom Hocker rauf und runter, rückt noch näher 'ran und hantelt sich an meinem Unterarm hinauf. Hakt sich schließlich ein und starrt zufrieden in den Spiegel hinter den grünen, roten, gelben, blauen Flaschen an der Bar. Dann versinkt sie in Betrachtung ihrer rätselhaften Rasse.

Das Lokal durchquert gerade eine Periode der Verdunkelung zum Stukaflug der Männer auf die Mädchen. Bühnenlicht auf Halbmast, eine dunkle *paparazzi*-Stimme schmachtet von einem Strand der Weißen unter blauem Himmel voll mit schwarzen Engeln, die selig *„que toi … aaa"* jubeln.

„On va danser?" Sie rutscht gekonnt vom Hocker, wippt zur Bühne, wartet wiegend mit ausgebreiteten Armen und hüllt mich in ihr hauchdünnes Parfum. Der Tanzbär, der den Honig schmeckt, mit dem Hulamädchen, das den Piratenschatz wittert.

Oh Ishtar, Hurengöttin, die den Rufenden erhört, den Suchenden gefunden, den Verwundeten gebalsamt. Wunder

der bezahlten Liebe, die Brackwasser zu Wein versüßt, heilige Einfalt der gekauften Herzen.

„Tu es belle." Der Zaubertrank, ins Ohr geträufelt, rinnt durch ihren Körper, reckt sie auf die Zehen und verästelt ihre Finger in meinem Haar. Beim Kuß auf die entblößte Kitzlergrube überm Schlüsselbein zuckt sie zusammen und wühlt mit dem Vogelkopf in meine Achsel. Beim nächsten Mal dasselbe. Wieder küsse ich, und wieder zuckt sie wie programmiert zusammen. Nicht sehr intelligent, die Kleine. Ist OK, zuviel graue Zellen bringen nur *bagarre.*

Vielleicht ist sie verschreckt, die Arme? Vielleicht bin ich der erste, bei dem sie den wohlgemeinten Ratschlag einer Freundin ausprobiert? Vielleicht ist sie so erotisch, daß schon die leiseste Berührung sie aus der Fassung bringt?

Beim nächsten Drink stiert sie wieder in den Spiegel. Schwarzer Narziß – oder Nirvana, angefüllt mit Dummheit? Egal, sie ist jung und schön, vielleicht gerade wegen ihrer Dummheit nett.

„Gehen wir?" Kurze Pause. *„Si tu veux"*, murmelt sie langsam, lustlos. Gute Frage. Plötzlich sehne ich mich nach einem leeren Bett, nach Rafael, einem gewissensreinen Frühstück. Zu spät, sie reicht mir schon die Handtasche zum Zeichen der Verpflichtung.

„Attend", greift meinen Arm und rutscht ab zur Toilette. Das kann lange dauern, trifft eine Freundin, palavern übers Geld, das man ihr schuldet, ausgeborgte Kleider. An der Theke nebenan hantelt ein Graubär am Popo der schwarzen Katze, die ihn an den Busen preßt, während er vom Baisen, sie von der bezahlten Miete träumt.

Plötzlich steht mein Baby wieder da, mit einer zweiten.

„C'est Victorine, ma copine" [Kameradin, vom lateinischen copulare = kopulieren]. Nimmt die Tasche, segelt wieder ab, kehrt zurück und drückt mir zum Beweis der Treue wieder ihre Tasche auf.

Victorine ist älter, trägt die hartgeschnitzte Maske der Enttäuschung. Schöne Figur, nur der Busen hängt vom vielen Säugen. Schwingt sich auf den Hocker und bestellt, ohne mich zu fragen, *„un gin tonic, avec citron"*. Ruck, Schluck, stellt das leere Glas hin, wischt über den Mund und dreht sich halb zu mir.

„C'est ta femme?" Sie grimassiert gereizt und lauert aus der Augenecke. „Ja, für diese Nacht".

„Die ist zu jung, sie kann nicht baisen". Beugt sich plötzlich vor und keucht mit heißem Atem: *„Mais moi, je baise bien, bieeen."* Erhascht mit Kennerblick mein neugieriges Augenflattern, rückt mir auf die Gänsehaut und blickt mich schräg von unten an: *„Tu veux savoir?". „Non, merci."* Das überhört sie, schiebt angeekelt das leere Glas von sich, faßt mich grob an, zerrt mein Ohr zu ihrem Mund und flüstert heiser: *„On va baiser, nous deux, oui?"* Dabei erhebt sie Zeige- und Mittelfinger wie zum Schwur, bewegt die Fingerspitzen aneinander, immer schneller, während ihre spitze Zunge an der Oberlippe schleckt. Dann schiebt sie den rechten Daumen durch den linken Daumen-Zeigefingerring, führt ihn zum aufgeblähten Mund und macht ‚Blupp'. Als auch das nichts nützt, rutscht sie verärgert ab und beobachtet mich aus dunkler Ecke mit glühender Zigarette, hoffend, lauernd, haßerfüllt.

Da kommt sie schon zurück, die Kleine; wie schön sie ist, verglichen mit der andern. Ab geht's unter den blasierten Witzen des Barmannes, die alle Barhocker bewiehern. Quer durch die Tänzelnden, vorbei an den verliebten Klammeräffchen. Winke, winke, seid umschlungen, amüsiert euch. Ja du auch, grinsen sie aus vollen Zähnen, die im Neonlicht bläulich aus den Totenschädeln leuchten. Hervorschießt die Muräne Victorine und bekommt ihr Taxigeld, das halbe.

Am Ausgang wartet die Allee der Kobras: *„Tu m' a pro-*

mis", egal was, *„cadeau, cadeau* [Geschenk]." Unterm Scheinwerfer tanzen die Nachtfalter auf und entblößen ihre Grillenbeine.

Die Kleine hat sich schon zurechtgemacht im Auto: Rock hoch, erwartungsvoll mir zugedreht.

Wie heißt sie eigentlich? *„Bijou* [Juwel]." *„C'est vrai?"* *„Oui"*, und starrt traurig in die Scheibennacht. „Bist du ein Bijou?" *„Je ne sais pas"*, unwirsch, als würde sie täglich mehrmals darum gefragt.

„Du bist ein *bijou*", und geb ihr einen Kuß, basta. Erlöst umarmt sie mich. Meine Hand streicht um den Nacken vorn hinunter, sie hebt sich an und ihren Arm noch höher, dreht sich, und der verrollte Apfel ist gefunden. Prall und weich, mit einer vom Wildverbiß geschützten Knospe, dazu der verschleimte Lispelmund.

Hinein in die Sesamspalte, Schamlippen beiseite räumen und den Intimcharakter ausforschen: Schleimegrad der Yoni, nicht der ordinäre Tanzschweiß. Prüfen, ob sie kneift oder spreizt, abwehrt oder gierig meine Hand hineinstopft.

All das, und dennoch anders. Sie schiebt mich weg, setzt sich zurecht und sieht mich an: „Wirst du mich beschützen?"

Göttliche Muth, die uns abhebt von der Traurigkeit der Erdnacht und mit Rosenfingern in den Morgenhimmel zieht. Sonnenbarke des Ra, die aus deiner Scheide in den Schlund eines neugeborenen Gottes fährt.

Blitz und Donnerhall. Damals, als wir auf der Wiese unter hohen Bäumen lagen, zwischen uns der Kindsbauch, und sie hauchte: „Wirst du uns beschützen, das ganze Leben bis zum Tod?" Meine Frau, die erhängte Puppe, die mich angrinst. *Ange ou sirène,* Himmel oder Schiffbruch?

Im Auto ineinander fallen, die Marmorstufen hinauffallen, im Aufzug zusammenfallen, in die Tür hineinfallen, über den Teppich herfallen, der Lebensgier verfallen. *„Attend"*, meint sie. Worauf, die Liebe?

Ich war verliebt. Nicht die Große Liebe unterm Aprikosenbaum im Hunza-Tal, auch nicht die Kleine vom Friseursalon, eher das Bedürfnis, alles Glatte wie die Schreibtischplatte, Autodach, seine Stirn zu streicheln.

Während sinnloser Konferenzen die Kopfhörer der letzten Nacht aufsetzen und mit dem Kugelschreiber zum Baiserhythmus klopfen: ‚*Oui, ouihh / oh, oh ma mère; oui, ouihh / oh chéri; oui, ouihh chéri / j'arrive.*' Das r der mère rollt sie wie einen Apfelstrrrudel mit viel Brrrösel, bei *chéri* holt sie den verschleimten Räucherhusten aus der Tiefe, das *arrive* preßt sie mit einem spitzen Schrei durch die gestreckte Kehle, wobei sie sich aufbiegt und den hinderlichen Polster mit heftigem Kopfschütteln zu Boden wirft.

Rafael verbrachte die Ferien daheim, so konnte ich mich ihr ganz widmen. Wir sahen Video, manchmal auch Gehobeneres, gingen essen ins *quartier,* ins Kino händchenhalten, sogar zum Fluß am Wochenende, wenn auch nicht dorthin, wo die Weißen liegen.

Natürlich auch Geschenke als Beweis der Liebe: Schuhe, Kleider, Gürtel, Uhr, neckische Unterhöschen, Haarspangen, Ohrgehänge bis zur Schulter, Lippenstift, Parfum und Nagellack, Haut- und Haarspray, Cremen, die die Haut aufhellen, Verlobungsring an jeden Finger. Nur das schwere Goldband, an dem sie jeden Tag vorbeiging, das bekam sie nicht. Bezahlte auch den Kurs für Sekretärinnen, worauf sie alle setzen. Weiß bis heute nicht, ob sie jemals hinging.

Anfangs wohnte sie bei mir. Zur Wahrung meines Doppellebens bestand ich jedoch darauf, daß sie am Tag nach Hause ging. Da sie durch mich Verdienstentgang erlitt, bezahlte ich natürlich auch die Miete.

Täglich holte ich sie nach der Arbeit ab, meiner selbstverständlich. Sie wohnte in der Avenue Kasai, eine Straße, die rund um die Uhr belebt ist. Um vier Uhr früh noch, oder schon wieder, flanieren die aufgeputzten Kindermädchen und wählen ihre Stundenfreier. Tag und Nacht plärren immerselbe Schlager aus der rotlichtigen *n'ganda* über ihre Mauer. Dahinter liegen Dutzende von Zimmern. Alles Huren, Tausende, ein ganzes Viertel. Am Tag sitzen sie herum, waschen sich und ihre Kleider, frisieren oder raufen sich und anderen die Haare. Feindselige Stimmung, alle sind allzeit bereit zu allem, haben nichts mehr zu verlieren. Wissen, daß sie nicht gewinnen können. Kehren täglich aus dem Reichtum heim ins nasse Elend, während sich mit jeder Nacht ihr Kapital verringert.

Das Zimmer. Dreckiggrüne Wände, nackte Glühbirne, von der Fassung hängen Drähte für den Radiorecorder und Tischventilator. Man sitzt am Bett oder auf der Eisenkiste, in der sie dauernd wühlt. Die Kiste enthält alles, was sie besitzt. Sogar das Kleid, mit dem sie ankam, damals, aus dem Grasdorf in der Urwaldlichtung.

Mit einem kleinen Plastikkoffer, ganz zerkratzt von den tagelangen Busreisen und Übernachtungen in Dreckhotels. Vierzehn war sie und rannte aus der Schule zu Bekannten in die nächste Stadt, von dort weiter in die Große Stadt zur Großen Schwester. Sprach kein Wort französisch, beherrschte kaum die Landessprache, nur den Dialekt ihres Dorfes. Bekam als Arbeitsplatz das Bett, aus dem gerade eine zum Gebären schlüpfte.

Schon am nächsten Tag beginnt die wunderbare Wandlung vom Hirsebrei zur Hostie. Zuerst schneiden ihr die Hofmädchen die Kopfantennen ab, welche die weißen Männer abschrecken: Fünfzehn Zentimeter lange Stengel aus Plastik oder Pflanzenfaser, die in das Haar eingeflochten werden. Das Ende läuft entweder spitz zu oder ragt als neckische Quaste aus der Umwicklung. Ein Riesenigel mit Stachelausfall, widerspenstige Stricknadeln, die nach dem Niederstreicheln aufspringen.

Wiehernd holen sie jede Antenne ein, stecken sich's hinters Ohr und tanzen wie Holunderteufel durch den Hof. Zur

Versöhnung setzen sie ihr eine rotschimmernde Perücke auf und besprühen das Gesicht mit Sternenglitzer. Schräg mit Haarnadeln befestigt ein kleiner Hut mit riesenrosa Plastikblume.

Verzückt dreht sie sich im Spiegelsplitter. Sie möchte auf der Stelle in die nächste Disco rennen, den Mann zu finden, der ihr tausend solcher Hüte schenkt.

Der blutrote Lippenstift verzaubert ihren Elefantenrüssel in einen Babyschmoll, den sie alle küssen. Dann wird sie zur einzigen weißen Stelle an der Mauer geführt, der schon Generationen von *putes* ihren Stempel aufgedrückt hatten. Eine Galerie von bleichen Mündern, aus denen Betelsaft zur Erde trieft. Darunter kritzeln sie den neuen Arbeitsnamen: Bijou, nach einer jüngst Verstorbenen. Umtanzen sie im Kreise und taufen sie mit parfumiertem Wasser. Dann schneiden sie die Fingernägel mit der Schere statt dem Buschmesser und überlacken zärtlich allen Schmutz. Während sie andächtig auf den Betonziegeln thront, bringt man den Kassettenspieler mit den erschöpften Batterien und probiert die ersten Tänze. Feierliche Discoschritte, nicht das Poposchupfen vom Dorf, das sie als abschreckenden Kontrast immer wieder vorführen und dabei klatschend auflachen.

Dann reißen sie die Dorfkleider herunter, begreifen ehrfürchtig den Busen und rollen zungenschnalzend die Popokugeln. Während sie die schwarzen Stutenbeine in die blauen Hosen zwängen, weissagen sie ihr eine strahlende Zukunft. Aus der Kleinen kann nur etwas Großes werden, eine *grande, grande pute.*

Seit diesem Tage trug sie nie mehr die Kleider ihrer Kindheit. Bewahrte sie ungewaschen, noch mit dem Geruch des Dorfes, in einem Plastiksack, der zu unterst in der Eisenkiste lag. Wie die Kerze zur ersten Kommunion, das weiße Kleid mit der großen Rückenmasche, so rein und ohne Samenspritzer.

Bijou schämte sich ihrer Umgebung. Darum wartete sie auch meist am Straßenrand in einem dünnen hellen Kleidchen, den viel zu roten Schuhen und der blauen Plastikmasche schief überm linken Ohr. Verloren stand sie inmitten dieses Unrats, wimmelte keusch alle Flanierer ab und wartete. Auf den Weißen, der sie mit goldenen Angelhaken aus dem Slumschlamm ziehen würde. Heraus aus acht Quadratmetern hinauf zu den dreihundert hoch über allem Elend.

Eines Tages war sie weg. Zimmer versperrt, nur die Hinterhofdamen standen haßerfüllt herum. „Bijou? Die ist weg, mit einem Auto. Ja, ein *mundelé* [Lingala: Weißer].“

Nach vielen Monaten stand sie eines Abends vor der Tür. Demi-mondäne Dame, blaßgeschminkte Lippen, dunkelrosa Wangen, Regenbogen auf den Lidern, rotbraune Perücke, grüne Fingernägel, enges, langes Glitzerkleid, Glitzertasche. Goldfunkeln überall, Ohren, Hals, Handgelenke, Finger. Geldscheine, die sie freimütig an die Wächter und den Boy verteilte.

Sie kam gerade aus Europa. Ihr *mundelé* blieb zurück und schickte Geld, eine Zeit lang.

Drei Wochen später erhielt ich das Ergebnis: sero-positiv.

Seitdem suche ich sie unbewußt in allen Bars. Ich habe sie nie mehr gesehen.

Ab ins Bistro, der Vergangenheit entfliehen. Ein Lokal wie in der Métropole, wo sich die schwarzen Fremdarbeiter nach dem Rackern treffen. Etwas Ruhiges, Neutrales, zur Erholung vor dem Ansturm auf die Discos.

Ruhig geht's auch da nicht zu, Wochenende eben, Zahltag. Vor dem Eingang wiegen sich die *nanas* [junge Huren] und pöbeln jeden an. Da kommt schon eine angeschwirrt, packt dich am Arm, zieht am Ohr und schreit, daß es auch der letzte Narr in seinem Fetzeniglu hört: *„Chéri, je baise bieeen, trop même."* Schaut dir todernst in die Augen, bis du sie auslachst.

Im ausgebombten Vorgärtchen sitzen die *mamans,* der Stolz der Revolution. Auf Riesenärschen, die über die Eisenbänke quellen, mit rotgeschminkten Wangen wie die Bauerndirn zum Faschingsball. Warten wie die fette Spinne auf das Opfer. Irgendein Zerlumpter, der mit seiner Diebsbeute, Schmiergeld, Erpressergut vom Zollamt, Auslandshilfe, Expertenbüro, Reisebüro, eigentlich jede Art von Büro, auch dem *deuxième,* in bierseligen Busenwogen absaufen und speicheltriefender Umschlingung sich verdücken möchte, aber durch völlige Betrunkenheit zu nichts mehr fähig ist.

„Liebling, brauchst du mich?" „Schade, denn ich brauche dich." Alle lachen aus den kurzen, dicken Flaschenhälsen.

„Ich dich auch, aber nur die Hälfte, neinnicht die untere, die rechte ohne Herz." Da drehen sich die *mamans* mit lautem Zischen ab und beschimpfen dich in ihrer Sprache.

Drinnen gehts zu wie bei einer Weihnachtsfeier, bei der sich alle um die fehlenden Geschenke raufen. Die besten Plätze an der Bar sind von tiefäugenden Damen und verzweifelten Besoffenen besetzt.

Der Wuschelkopf mit den verstaubten Zöpfchen liegt auf dem Kassabuch, bis ihn die Bestellung aufreißt. Gelangweilt-konzentriert notiert sie mit feinem Filzstift, den sie niemals herleiht, den Betrag, Art des Drinks und die Initialen des Kellners in ein großes Buch, wirft einen Teil der Rechnung in den Schlitz der Urne, dessen Schlüssel nur sie besitzt, den Abriß legt sie aufs Tablett des Gastes. Dann schläft sie weiter.

Am Ende der Bar leuchtet es interessant hervor, aber schon winkt sie und verdirbt sogar das kleine Bier, das ich mit ihr trinken wollte.

Ein Mädchenschwall bricht durch die Tür und biegt sich

vor zum Lachen. Dann fächern sie aus, jede kennt schon einen, der sie einlädt.

Woher die alle kommen? Werden immer mehr, ein unerschöpfliches Reservoir von jungen Mädchen, die sich's bezahlen lassen. Rohmaterie der dritten Welt.

Auch eine alte Bekannte wird hereingespült. „*Alors*, was machst du denn da?" Noch immer keinen Festen, nach dem sie sich sooo sehnt?

Marie Claire. Erinnert mich an Mamas Jugendfoto. Immer schwarzweiß, nie vulgär gekleidet. Langer Rock oder dezente Hose, schwarzer, überbreiter Gürtel, der zugleich als Mieder dient für den abgeschlafften Bauch mit den hellen Streifen von der Schwangerschaft. Weiße Bluse, durch die es aus dem schlaffen Büstenhalter spitzt.

Läßt sich vor dem Baisen nicht die Brüste greifen. Dafür streift sie beim ersten Streicheln unterm Nabel das Unterhöschen ab, damit es nicht zerrissen werde. Fängt es mit den Zehenspitzen auf und läßt es vor das Bett fallen, wenn kein Sessel dasteht. *„Attend"*, dreht sich zur Nachttischlampe, wobei sie ihre schönen Hüften bewundern läßt, den glatten festen Hintern, der in der leichtbehaarten Klaffe straffer Seide mündet. Findet den Schalter nicht, reißt aber nicht den Stecker raus wie die jungen Wilden. Erst im Dunklen öffnet sie den Busenhalter mit den Biederhäkchen, verweigert jede Hilfe und wirft ihn auf den Slip. Dann dreht sie sich herum, reißt Mund und Beine auf, verdreht die Augen, daß das Weiße durch die Liderjalousien schimmert, und ruckt nach unten. Greift hinauf und schiebt den Polster unter's Becken, greift deine Hand und steckt sie in die Wasseryoni, die sie zum Empfang entgegenschiebt. Dann blinzelt sie und wartet auf die Abfahrt in das Sexyland mit ihrem neuen Fremden-Führer.

Heraus aus dem Slum der nackten Kinderärsche. Der nackte Narr starrt nasenbohrend auf die Menschen, die sich Normale nennen. Dann trinkt er mit der Hohlhand aus dem jauchigen Kanal. Junge Hunde, die am Nackenbalg zum Verkauf hängen. Fische schwimmen in prallgefüllten Plastiksäcken, die auf schrägen Stangen hängen. Bananenmädchen, die mit bloßen Brüsten ganze Stauden in die Autos werfen. Ölverschmierte Knaben, die gestohlene Mercedessterne, Seitenspiegel, Windschutzscheiben, Kupplungsscheiben, Autositze für die gute Stube bieten. Markttag der gerösteten Affen, gekochten Krokodile, gebratenen Schlangen, der gelben Riesenengerlinge, die aus den Körben quellen und an den Rand des Ladentisches kriechen. Gelbe Augen, die aus den Gesichtsmasken starren. Zerlumpte, die sich um die Lumpen prügeln. Flüchten aus dem Käfig mit dem schwarzen Eisenmann.

Ein Plumpser vom abgerissenen Asphalt zur Piste, von der Haut zur Schleimhaut. *C'est l' Afrique.* Tausend Kilometer Waschbrettpisten und dazwischen Gruben, in denen zu Regenzeiten Lastwägen ertrinken.

Hinein in die Leere ihrer Augen, *la brousse* [Gestrüpp, Busch], das neurosenfreie Vakuum, hinter dessen braunen Hügeln die Träume wie Rauch aus den Abenddörfern steigen.

Hundert Meilen Einsamkeit. Hütten und Menschen gleichen sich. Nasenflache Landschaft, Flimmerhorizont, Staubhimmel über der Straße, ‚die man die Gerade nennt'. Immer stoßender die Fahrt, immer schläfriger der Rhythmus. Augenfenster längst geschlossen, Wimpern staubverhüllt, feiner Sand beim Zähnemalmen.

Der Staub, die Fahne Afrikas. Verwischt den harten Alltag und verschleiert die Verzweiflung. Länder, die im Fliegensummen dösen, während in der Hitze der Gelenksleim schmilzt.

Strahlend schuppt das Meer. Sie treibt hinaus zur Sonneninsel. Plötzlich über ihr der Felsenschatten. Ein letztes Winken, und sie taucht in die Schenkelgrotte ab.

Rote Kugelfische in der Sonne rudeln. Geschwänzte Leiber, die wie Männer durch den Algenvorhang winken. Eine Schwanzmuräne schießt zähnebleckend aus der Tiefe. Über ihr ein freundliches Walschiff lastet.

Eine Kurve reißt uns aus der dösenden Umarmung. Verwirrung, Aufruhr, angstvolles Umklammern, ein Zitterkrampf und aahh vor uns das Sonnental. Wir taumeln in die Blendung wie Tiere aus dem Winterschlaf. Aus den Gletscherbergen schuppt ein Silberfluß, und saftgrüne Terassen stricheln kahle Hänge.

„C' est bon, c'est boooon", klatscht das kleine Mädchen und verbeißt sich in der Herzkirsche. Aus dem Tunnel ruft Mama zum Essen. Es klingt so dunkel, so fremd ist der Akzent der tätowierten Göttin, die den Verirrten in ihre Höhle aufnimmt und ihn dann verschlingt, während draußen Meteore regnen.

Marie Claire, die Verheizte. In einer normalen Welt wäre sie wie Jederfrau. Leicht frustriert in der Métro in die Illustrierte starren, die Ohrgehänge leicht verfremdet. Redet über Umwelt und die Arbeit, aber wenig. Meist wälzt sie runde Kieselträume im ausgeschlammten Bach, aus der sie der Tod erweckt.

Hier ist sie zum ewigen Herumirren verdammt. Möchte heraus und kommt nicht. Die Prostitution haßt sie, seit sie erkannte, damit nicht reich zu werden. Rächt sich an den Männern durch Verwehrung ihrer Hingabe, der einzigen Waffe, die ihr geblieben. Somit hat sie auch den letzten Spaß verloren. Dazu die Angst vor SIDA. Spricht nie davon, doch denkt Tag und Nacht daran. Und dennoch ist sie nicht verbittert.

Einmal weinte sie, tief und heulend aus dem Abgrund. Als ihr Baby starb und sie flennend überm Bettrand hing .

Mutter mit den verschwitzten Anstaltskleidern am Eisenrand des Krankenbetts gekauert. Dünnes, aufgelöstes Haar umschwirrt des Wahnsinns Schattenaugen, statt Worte Tränen, immer nur Tränen. Zum letzten Mal fährt die haßgeliebte Zitterhand über mein Gesicht. „Mein Sohn, mein vielgeliebter Sohn." Tage später sprang sie aus dem Fenster.

Von *Matonge* zum *Rond-point Victoire,* der Drehscheibe des anderen Wahnsinns. Hupen rund um den Platz rund um die Uhr. Stahlhelmpolizisten prügeln mit dicken kurzen Stöcken wehrlose Autos und reißen den verdutzten Fahrern die letzten Scheine aus den Hosen. Noch schlimmer treibt es die Verkehrsampel, bei der sich keiner auskennt. Bei Gelb schlagen sie sich rudelweis die Autoschädel ein und blockieren den Verkehr mit ihren aussichtslosen Streitereien. Natürlich geht's ums Geld, denn die Versicherung zahlt nie, die Prämien hat der Direktor längst unter seinen *dixièmes bureaux* verteilt.

Immer wilder wird das Kesseltreiben. Mädchen winke winke, Lachenbersten, Augenrollen, Hüftenwiegen, balancieren Busen und Popo am stolzen Rückgrat. Das letzte aber beste Aufgebot der Nation. Palavern, kokettieren vorwärts und nach hinten, besonders zu den fettschwarzen Mercedes, die einen *m'wanza* [großer Boß] versprechen. Gerissene Flanierer, arbeitslose Akademiker, kleine Taschendiebe. Alles Männer, die's umsonst bekommen möchten.

Vereinzelt Weiße. *Peace corps girls* mit Babypillenarsch in prallen Jeans, zuviel Ketchup auf den *whoppers*. Bärtige Jesusjünger, die auszogen, das Gruseln zu lernen. Damen in Herrenmode, Herren mit Damentäschchen.

Hereinspaziert ins Zirkuszelt. Hier gibt's für jeden etwas, keiner darf alleine bleiben. Kein Wüstling wird verurteilt, wenn er seine Töchter baist.

Keiner wird fallengelassen, das Netz fängt jeden auf, wirbelt ihn durch die verstopften Straßen über die verdreckte Mauer, hinter der sie wie wild geworden baisen. Gebärden sich, als gäb's da etwas zu gewinnen, eine *Bijou* etwa oder schon wieder den Orgasmus. Nur zugreifen, nicht lange Händchen halten. Schnell, bevor sie wieder untertauchen und mit einem andern auf. Nicht zu lange in die Augen schauen, wenn sie blitzartig zur Seite zwinkern. Keine langen Konversationen. „Willste, wenn, dann gleich, und wenn nicht, warum?" Warum weitersuchen? Beim Baisen sind doch alle gleich.

Auf ins Big Boss, die narrensicherste der Discos. Auf einen Mann zehn Mädchen. *„Docteur, docteur"*, rufen sie beim Anblick meines Autos, setzen sich darauf, greifen durch das Fenster. „Heute abend bin ich dran, das letzte Mal hast du mich betrogen, hast mich desertiert."

Ein dicker Hymenvorhang schützt die Klimakühle. Der Eintritt in die Geisterbahn, das Reich der Finsternis.

Unter einem Regenbogen tanzen Mädchen aus dem Sternental, während an der Bar die Froschkönige auf den stolzen Rennstall äugen. Schlanke Mädchenpalmen, die sich sanft im Afrowinde wiegen. Die Arme überm Kopf gefaltet, blicken sie verzückt empor zur roten Abendsonne, während sie das Becken im Baiserhythmus wippen. Wenn sie dich erblicken, lächeln sie dir zu. „Komm und greif mich an, ich bin kein Geist. Ich bin die fleischgewordene Sünde."

Und dir bleibt nur eins zu tun auf dieser Welt, hineinzugreifen in die *Creatures of the night, in the forest of my dream.*

Ganz vorne tanzt die Königin. Lange schlanke Jeans umkreisen langsam ihren hemdgeschürzten Nabel, während die gespreizten Finger über Brust und Lende streichen. Langsam auf und ab, bis die Sinnlichkeit sie überfraut und sie vor der Spiegelwand wie wild den Busen reibt. Knetet vor dem dunklen Spiegelgott den Sauerteig der Nacht. Beugt sich zur Seite, dreht sich, und blickt dabei immer nur auf sich, schwarzer Narziß.

Königin des eigenhändigen Orgasmus. Hohepriesterin des Gottes Onan. Niemand anderem hörig, wenn sie mit spitzen Fingernägeln wild in sich hineinwühlt, plötzlich mit der Fingerkuppe kreisend hängenbleibt, immer schneller keucht, bis sie katzensteif gestreckt zum Pfauenschrei ansetzt.

Spätestens in diesem Augenblick muß der Lingam rein, um noch die sterbenden, willenlosen Zuckungen ihrer Zauberyoni zu erhaschen.

Eine Giftblase steigt aus der Erinnerung: In dem kleinen Klosterdorf wurden seit Wochen geköpfte Hennen aufgefunden, aus deren Kloake die Gedärme hingen. Das war kein Tier. Das war ein Mensch zum Tier geworden.

Mein Verdacht fiel auf den Bruder, dem ich schon öfter bei der Reinigung der Hühnerfarm half. Seine Grenzdebilität entschuldigte eine offenbar gestörte Sexualität, vor allem die homosexuellen Neigungen, mit denen er uns manches Mal erschreckte. Als er wieder beim gemeinsamen Abendgebet fehlte, schlich ich aus der Kirche in den Hühnerstall.

Immer dem Geschrei nach. Da sah ich ihn, mit hochgezogener schwarzer Soutane, das Geschlecht entblößt. Vor ihm die Henne, das Messer, das Blut, der Schrei, das besessene Gesicht des Wahnsinns, der sich im Todeszucken der geköpften Hennen den Orgasmus holte.

Während der Masturbation läßt sie keine männliche Berührung zu, das beschmutzt nur und lenkt ab vom Endsieg.

Am Gipfel des Orgasmus stürzt sie ab und läßt alles, alles über sich ergehen. Dabei streichelt sie dich, immer auf derselben Stelle. Doch auch dieses Streicheln ist nichts als Wühlen in der fremden Scheide.

Gegen Zungenküssen sträubt sie sich, als wollte sie zeigen, sie könne sich Verliebtheiten nicht leisten. Liebt die

Schneewittchen aus den Pornoheften, schlief auch schon mit einer Weißen. Sonntags geht sie in die Kirche, abends, da sie die Morgenmesse in den Betten feiert.

Eine schöne, unnahbare Nonne, die sich baisen läßt, solange man ihrem Orgasmus nicht im Wege steht. Die Männer duldet sie zum Unterhalt, nicht zur Unterhaltung.

Leidet tief an einem Trauma, aber wer denn nicht? Als ich sie darauf ansprach, lachte sie nervös und rannte weg.

Nur einmal holte sie weit aus, als ich ihr von meiner Klosterzeit erzählte.

Auch sie verbrachte ihre Jugend in einer Missionsschule. Tief im Busch, wo Kirche, Schule, Spital, Farm und Werkstätten noch eins sind wie am Horizont der Himmel und die Erde. Hunderte von Schwarzen und fünf Weiße: Priester, Nonnen, Brüder, die ihr Herz der Finsternis vermachten. Das Leben war beschwerlich und isoliert, und dennoch lustiger und freier als in den düstern Klöstern ihrer Heimat.

Sie war dreizehn und von einer Schönheit, die einen Buschteufel zum Niederknien zwang. Aus allen Löchern pfiffen ihr die Jungen, entblößten sich für sie und wollten sie zur Vesperzeit am Fluß verführen.

Doch sie hatte schon einen Gemahl, einen himmlischen noch dazu: Diesen Jesus mit den langen glatten blonden Haaren auf dem Beichtzettel, den sie immer bei sich trug. Und einen irdischen Verehrer: der alte Priester, Leiter der Mission.

Eines Tages hatte er sie in seine Zelle geladen. Die Wände voll mit Büchern, die Weisheit ausstrahlten. Ein großes, samtbedecktes Bett, darüber ein hölzernes Kruzifix mit ihrem Bräutigam. Davor ein Betschemel mit weinrot gepolstertem Kniebrettern und Stütze zum Händefalten, auf der sich Sünder und Verzeihender wie beim Optiker tief in die Augen sehen, wenn sie sich alle Laster dieser Welt zuflüstern.

Er fragte sie gesenkten Hauptes und mit einer Stimme, die von oben kam, wie sie den Versuchungen der Teufelsknaben widerstehe.

Wollte alles wissen, ob und wie sie an- und ausgegriffen wurde, sogar die Lüsterworte, die sie flüsterten. Auch ihre Verwirrung bei der Entblößung ihrer Männlichkeit.

Als sie zu schluchzen begann, streichelte er sie. Zuerst am Kopf, dann am Hals und runter zur Goldkette mit dem Kreuzlein, das er lange Zeit betrachtete, während seine Finger ihre Forellenhaut berührten. Dann legte er seine geweihten Hände auf ihren Wuschelkopf und sprach den Ablaß. Es war ihr, als hätte Jesus selbst den Kuß der Vergebung auf ihre Stirn gehaucht.

Plötzlich sprang er auf, riß die violette Stola ab, ohne die Stelle mit dem Kreuz zu küssen, und begann sie zu beschimpfen: Sie sei verloren, in alle Ewigkeit verdammt, eine unzüchtige Natter, die die Unschuld spiele, während ihr der Teufel aus allen Löchern lache.

Nur eines könne sie noch retten, vielleicht: das tägliche Gebet mit ihm. Jeden Abend vor dem Schlafengehen mußte sie in seine Zelle schleichen, während sich die andern austobten.

Das bemerkten natürlich bald die Jungen. Sie begannen ihr zu drohen: Wenn sie nicht sofort mit ihnen baiste, würden sie es ihrer Mutter sagen, den Skandal im ganzen Dorf herumschreien. Dem Priester würde nichts geschehen. Aber sie und ihre Schande würden aus dem Dorf vertrieben, vielleicht sogar vergiftet werden.

Das wollte sie auch, so verzweifelt war sie. Doch der Fetisch des Priesters war mächtiger. Er beherrschte ihre Seele. Nur er konnte sie vor der ewigen Verdammnis retten.

Und so erfuhr es eines Tages ihre Mutter. Raufte sich die Haare, befragte den *Féticheur* und reiste dann zur Mission.

Der Priester hatte schon Wind bekommen und drei Säcke

feinster weißer Hirse bereitgestellt. Nach kurzer Beruhigung fuhr er sie und ihre Tochter ins Dorf zurück.

Dort, im Dunkel ihrer Hütte, verlangte er, daß die Mutter sie auf ihre Jungfräulichkeit untersuche. Durchs halbe Dorf rannte sie ihrer schreienden Tochter nach, bis sie endlich auf den Lehmboden gerungen wurde.

Und siehe, das Hymen war zerrissen. Nicht ganz, doch für die zwei sachkundigen Finger der Mutter reichte es.

Der Priester murmelte von ewiger Verdammnis, vielleicht sagte er auch nur ‚verdammt noch mal'. Bald darauf starb er.

Sie mußte die Mission verlassen, kam zu Verwandten in eine andere Stadt, wo sie bald davonlief in die Hauptstadt. Bis heute weiß sie nicht genau, wer ihr Hymen zerriß. Sicher nicht der Priester, der war dazu nicht fähig. Vielleicht sie selbst, die schon sehr früh den Zauber ihrer Finger entdeckte. Vielleicht ihr himmlischer Bräutigam, der mit den blonden Seidenhaaren?

Auch sie war sich der Sünde bewußt, was das Sündigen erst richtig aufpeitscht wie Baisen angesichts des Todes. Die Neugier, an die Grenzen des Erlaubten vorzudringen, das Abenteuer, schutzlos die Mauer zu durchbrechen. Die Perversion des Masochismus: dem Geliebten Leid zufügen und dabei am meisten leiden. Perversion des Ekels, der Verachtung, die man überwindet, ohne es zu wollen. Verloren unter Menschen, die Leidenschaft nicht kennen.

Die Einsamkeit vor allem, in die sie die Enttäuschung stieß.

Einmal tauchte sie mit einer Freundin auf, die das genaue Gegenteil von ihr war: verdorben, verludert, vulgär, gewalttätig und dumm. Räumte gleich den Kühlschrank aus, dann kam der Whisky. Beim Porno riß sie sich die Kleider runter und rannte nackt von einem Spiegel zum andern. Vor jedem erfand sie eine neue Obszönität, zu deren Bewunderung sie uns rief. Der abrupte Wechsel von ihrer Dreckshütte zur Luxuswohnung stachelte sie zu immer neuen Perversionen auf. Als ihr nichts mehr einfiel und wir endlich baisten, beobachtete die Nonne schweigsam ernst jede Bewegung der Geschlechter. Schob die Sicht frei und tastete sich ehrfürchtig heran, schloß einen Fingerring um jene Stelle, wo der Lingam an den Yonilippen schmatzt. Dann küßte sie abwechselnd beide. Schleimhautnah an der Urbewegung, die Leben spendet und empfängt. Die intime Stelle küssen, die Mann und Frau vereint im Urschrei der Verlassenheit. Erst als ihre glatten Lippen die behaarten der *copine* berührten, verlor sie die Kontrolle und begann ihr einsames Spiel.

Ihre Gelüste waren verdorben, sie war es nicht. Inmitten dieser Laster bewahrte sie eine seltsame Herzensreinheit, Toleranz, ja sogar Noblesse. Sie lebte im Sumpf, doch er beschmutzte sie nicht. Blieb schamhaft unter Schamlosen. Als ihr Onkel sie verstieß, weil sie ihr Leben ändern wollte und somit nichts mehr verdiente, weinte sie. Zog in die dunkelsten Tiefen des Quartiers, zu den Lurchen und Strolchen, und bewahrte dennoch die Würde der Gedemütigten. War nie vulgär, niemals zornig.

Außer einmal, als sie ein fremdes Mädchen in der Wohnung traf. Sie schrie und riß sie an den Haaren, wollte sie, mich, dann sich umbringen, vom Balkon springen. Stieß Vasen und Lampenständer um, rannte in die Küche und räumte ab. Biß und kratzte, als ich sie am Boden festhielt wie zum Baisen. Plötzlich besann sie sich, schluchzte kurz und stand auf mit der Maske eines Epileptikers. Wusch die Tränen ab, kämmte sich, verschüttete Parfum und ging.

Nach einigen Tagen kam sie wieder. Strahlend tanzte sie durch die Wohnung direkt aufs Bett. Nach dem Baisen saß sie am Bettrand und heulte leise, hilflos in sich hinein. Die Ohnmacht der Erkenntnis, nie mehr heil herauszukommen.

Unsere Liebe klang aus wie das Adagio von Albinoni.

Albinoni und die schwarze Nutte? Ja, denn ich stach hinein, seine Musik drehte das Messer und sie streichelte mich in seinem Rhythmus. Geistesabwesend, immer an derselben Stelle hinterm Ohr. Dabei schrie sie leise *„aye, aye“* und weinte aus gefletschten Zähnen. Fledermauszähne, die aus kahlgefressenen Bäumen durch den blassen Abendhimmel fliehen und auch nicht im allerletzten Frühling wiederkehren.

Sie hinterließ eine Leere, schmerzhaft süß wie der Tod eines langjährigen Gefährten. Wir trafen uns noch einige Male, aber sie hatte sich endgültig zurückgezogen in ihre Murmel.

Übrigens, Françoise heißt sie, *Françoise la reine.* Und wenn sie nicht gestorben ist, kann man sie noch heute treffen. Samstag nachts, Big Boß.

„Ich liebe dich, da du mich an meinen Priester erinnerst“, sagte sie einmal.

Unter einem weißen Leibchen mit dem Aufdruck *Fini* [Französischer Doppelsinn: bei Betonung der Endsilbe bedeutet es ‚beendet, aus‘, bei Betonung der ersten Silbe ist es die Abkürzung von Josephine] schwillt ein Traumbusen, fast so groß wie ihr Popo. Wohlgeformte Beine, deren schlanke Schenkel eine Vorahnung von dem ausstrahlen, was weiter oben folgt: Ein glitzeschwarzer Plastikwaschel, aus dem pralle Lippen neugierig wie Frühlingsveilchen lugen. Am Kopf ein Band vom gleichen Stoff wie das zum Minirock geschürzte Lendentuch, schief um den Wuschelkopf gewunden und mit großer Masche an der Seite, deren Schleifen über die Schulter hängen. Rosabraune Samtkissen als Backen, handtellergroße Ohrringe, eingetiefte Augenschatten, rosa Rüssellippen, die auch den Größten mühelos verschlingen.

Sie lehnt gedreht bei einem Weißen, Körper abgewandt, neugieriger Blick zur Eingangstüre, gierig auf den Neuen.

Entlang der dunklen Wände sitzen Männer, die etwas zu verbergen haben: ihr Alkoholgesicht, den Riesenbauch, dunkle Geschäfte, Süchte, Schuldgefühle. Oder frühzeitige Vergreisung wie der Weiße, der sie gerade ausgreift.

Nicht, daß sie ältere Männer bevorzugt. Im Gegenteil, die jungen Libanesen aus der Kraftkammer oder Inder direkt von der Kitschleinwand herabgestiegen sind ihr lieber. Von denen sammelt sie auch immer diese Tripper ein und verteilt sie großzügig. Streitet natürlich alles ab, schiebt die Schuld auf den jeweiligen andern, *„c'est toi, la pute"*, und verweigert gespielt beleidigt das Tablettenschlucken.

Injektionen liebt sie. Benimmt sich wie ein Kind beim Zahnarzt, rennt weg, kommt zurück, beschimpft dich und sinkt ohnmächtig in deine Arme. Jammert *mama, mama* beim Einstich, den sie verpaßt. Herzig der Stich in ihren Kinderpopo, wenn sie bäuchlings am weißen Kuschelfell des Babyfotos liegt. Schaut wie beim Hundebaisen von der Seite zu, nur interessierter. Aye, das tut gut. Schmerzt und ist magisch: Spritze aufziehen, die lange dünne Nadel, der geheimnisvolle Milchsaft „Das ist der Samen des weißen Féticheurs, der dir seine *n'golo* einspritzt." Da lacht sie verständnislos.

Die guten alten Tripperzeiten, *la chaude pisse* [heiße, d. h. brennende Pisse], romantisch wie die Achtundsechziger. Chinesisches Ping Pong statt russisches Roulette.

Zu gewissen Zeiten hatte ich jede Woche einen. Keiner wußte, wer von wem. Ein wandelndes Labor war ich für die Mädchen, Meerschweinchen für die Pharma-Industrie puncto Dosierung, Behandlungsdauer und Resistenz.

Anfangs injizierte ich. Das brennt, besonders, wenn du zögerst und verspannt bist. Eine Mischung aus Selbstbestrafung und *Katharsis.* Eigenhändig, im versperrten Zimmer, im Bad und am Klosett. Wie die Junkies. Immer in Angst, überrascht zu werden, vom Hausboy, Rafael, den Mädchen, allen Gesunden, Normalen.

Später schluckte ich, erst die kleinen Zyankali-Kapseln, dann immer größere Tabletten wegen der Resistenz. Am liebsten die massiven Einzeldosen für die Asozialen, die sonst nie die Kur zu Ende führen. So rasch wie möglich wieder fit sein. Bis sich Nebenwirkungen einstellten: geschwollene Lippen, die allen zeigten, wie sehr ich schon einer der Ihren geworden war. Hautausschläge wie bei Syphilis.

Fini, wie sie die Burschen über die Hofmauer rufen, kam erst vor wenigen Wochen an, nachdem ihre Mutter bei einer Geburt verblutet war. Fuhr aus dem Hinterdorf direkt in den Hinterhof zu ihrer Stiefschwester. Eine quartierbekannte *pute,* die infolge ihrer ausgebombten Möse ins gehobene Management aufgestiegen war und die andern für sich baisen ließ. Dafür bot sie Unterkunft und Verpflegung, einen guten Start an Arbeitskleidern und Schuhen, Schminke und Perücke, die ersten Tanzschritte, unbezahlbare Ratschläge und Verbindungen. Auch Schutz vor der Polizei, die sie regelmäßig einlud, und dem Hausbesitzer, der zum Geld auch Naturalien verlangte.

Bei Krankheit zahlt sie Arzt und Medikamente, und fürs Babywerfen Rückfahrschein ins Dorf. Ihr Haus ist immer voll mit fröhlichem Kinderlachen, Ringelreihen, Tanzen, Tempelhüpfen, Gänseschnattern und Geschichten aus Tausend und einem Mann. Ein lustiges Mädchenpensionat.

Die Ambiance schaffen zwei Kassettenrecorder, die sich den ganzen Tag anplärren, der eine etwas zurückgeblieben. Zwischen Nachtmahl und der Disco gibt's Fernsehen, schwarz auf weiß mit Schneetreiben. Ab zehn Uhr wird es still hinter den Klostermauern. Alle ausgeflogen in die Nachtclubs.

Im Kloster selbst sind Männer nur ausnahmsweise geduldet, meist Weiße, gute alte Freunde. Oder Hochgestellte, die nicht ungestört zuhause können und sich das Hotel ersparen. Neulinge werden der Alten persönlich vorgestellt, und müssen im voraus zahlen.

Jedes Mal, wenn eine Discotaufe für ein neues Mädchen stattfindet, rafft die Alte ihre schönsten Kleider, behängt sich mit dem schwersten Schmuck, badet in Parfum und läßt sich tagelang die Haare flechten.

Die Stunden vor dem Ausgang herrscht panische Hektik. Wie zur Hochzeit werden die Kleider zurechtgezupft, Gesten einstudiert und augenzwinkernd allerletzte Ratschläge erteilt.

Dann rauschen sie ab, die *matrone* mit ihren Küken. Zum Big Boß.

Der Besitzer, ein fettgewaltiger Italiener, empfängt mit Handkuß die Königin mit ihren Hofdamen. Scharwenzt ihren Lieblingsdrink, *le perroquet* [Papagei], ein Höllengebräu aus Gin und grüner Minze.

Sie sitzt mit übergeschlagenen Beinen am Barhocker, damenhaft wie einst, und rollt die Augen auf die ungepaarten Männer. Das prickelt wie in alten Zeiten. Nach dem ersten Drink dürfen die Mädchen herumflanieren vor dem Eingang, an der Toilette, in den Dunkelecken.

Nur das junge Küken behält sie neben sich. Erklärt ihr, wie schön es früher war, als die Männer noch *messieurs*. Nicht wie jetzt, wo man alles selbst bezahlen muß. *Mais oui, la conjoncture.*

Die Sache mit der SIDA, die brachte alles durcheinander, alles. Aufs Baisen Todesstrafe, wer hätte das geglaubt vor ein, zwei Jahren? Darum gibt es auch immer weniger Männer, die's riskieren. Man kann kaum mehr davon leben. Nur die ganz jungen Mädchen sind noch rentabel. Auch nicht sehr, die Inflation frißt alles auf.

„Deshalb auf keinen Fall unter fünfzehn Dollar. Mit zwanzig beginnen – nicht höher, das schreckt die Herren ab. Und immer nett und höflich, ihnen immer das Gefühl geben, der beste Mann der Welt zu sein."

Die Kleine wird immer aufgeregter. Wohl hatte sie schon ein halbes Dutzend Vorbaiser hinterm Baobab, am Fluß beim Wäschewaschen, Wasserholen oder auf der Busstation. Aber keinen dieser vornehmen weißen Herren.

Wie's die wohl machen? Stimmt es, daß ein großer schwarzen Hund zusieht, der sich, zur Raserei gebracht, auf die weiße Frau stürzt, die danebenliegt? Daß er nach dem Baisen und vor dem Zahlen die Schwarze aus dem Fenster wirft? Jawohl, aus dem Fenster, von ganz hoch oben, *au nom de dieu*. Stand erst kürzlich in der Zeitung, sagt man.

Wenig später lernte ich sie kennen, vorgestellt von einem andern Moriturus. *Oui-non* Gespräche, *zéro* Charme, lidschweres Gähnen an der Bar und beim Wangentanz. Starrt, ohne sich zu rühren, eine Ewigkeit auf einen Punkt wie die alten Männer nach dem Schneuzen auf das Blut am Taschentuch. Nackter Sex, der dich auf der Stelle fordert, ihr die Langeweile auszubaisen.

Sprachlos, ohne Verständigung. Kein Wort in irgendeiner Sprache außer ihrem Dialekt. „Willst du?" etwas zum Trinken, Essen, naschen, baisen, entlockt ihr nur ein dunkles Grunzen und den stumpfen Blick auf mein Geschlecht, unserem Sprachrohr.

Die Sprachlosigkeit hatte auch Vorteile. Man konnte ungestört mit Freunden konversieren, während sie schön und stumm danebensaß, bis sie abglitt in den Schlaf. Schlief in jeder Stellung ein, auf der Couch mit weit nach hinten gebogenem offenen Mund, aus dem manchmal ein Seufzer oder Worte aus dem Dorfe kamen, nie jedoch ein Schnarcher! Am Sessel verrenkt wie Egon Schiele mit gespreizten Fingern, Kopf am Arm gestützt und hauchdünn auf der Lehne, von der sie in immer kürzeren Abständen abrutscht. Bis ich sie am Teppich ausbreite, gegen die Klimakälte eine Decke überwerfe, in die sie blitzschnell einrollt. Selig lächelnd läuft sie in den Urwald zu dem Großen Panther, der sie mit seiner rauhen Zunge in eine tiefe Ohnmacht schleckt.

Wenig später kommt die wunderbare Auferstehung. Brustkugeln rauf und runter und hinein in die schleimheiße Spalte, die alles einsaugt, was sie berührt. Unerbittlich, schmerzhaft.

‚Wie die Lippen des Weibes, so der Spalt ihres Leibes' Dieselbe Pralle, dunkelviolett wie ihre Lippenschminke, innen rot wie ein Angina-Rachen. Dasselbe Schmatzen beim Verschlucken. Eine fleischfressende Pflanze, die den Verirrten in sich saugt. Faust und Schwanz und Zunge, alles verschlingt sie gierig und egal mit welchen Lippen, und speit es satt mit einem Blubser aus.

Als ich auf ihre Klatschmohnblume wie ins Morgenrot beim Nachtflug starrte, lachte sie siegessicher, spreizte die gestreckten Beine in die Höhe und schob meinen Kopf dazwischen zur Frontalansicht. Dann stieß sie ruckartig meine Nase hinein und umarmte mich mit ihren Zappelbeinen wie die heimgekehrte Tochter den ersehnten Vater.

Beim nächsten Mal roch sie nach Eiter. Lief die ganze Nacht ins Badezimmer und jammerte *mama, mama.* Lag in einer Blutlache und stopfte ständig etwas in die Yoni: zuerst das untergelegte Handtuch, dann das zerwühlte Leintuch, schließlich noch die Bettdecke. Klapperte mit den Zähnen, war brennheiß und lallte unverständlich.

Ihre erste schwere Erkrankung, eine vertripperte, verschleppte Eierstockentzündung. Ich besuchte sie täglich mit Injektionen und Kapseln. Arm wie Jesulein lag sie in ihrem Stall auf dreckigen Windeln und glaubte, sie müsse sterben. Wäre sie auch bald.

Die Auferstehung von den Toten machte mich zum *grand féticheur* und sie zur hingebungsvollsten Frau der *demi-monde.* Das hohe Fieber wirkte wie ein Elektroschock, der alle noch vorhandenen Kontrollschalter durchbrannte, all das enthemmte, was sie aus kindlicher

Unsicherheit noch unterdrückt hatte. Seitdem lebt sie in einer sexuellen Trance. Raubtiertrieb gepaart mit hemmungsloser Hingabe, ein tödliches Gemisch. Der Große Panther in Menschenhaut.

Der Verfall begann. Täglich eine Stufe tiefer in die Sucht. Bei der leisesten Berührung überfielen wir uns: im Auto, im Aufzug, in den Lovehotels, die zufällig am Wege lagen, am Stadtrand hinterm Friedhof. Widerspenstige Raubtiere, die ein mächtiger Dompteur jeden Abend in den Käfig peitscht zum Baisen auf dem schmalen Hocker.

Jede Nacht holte ich sie. Zuerst war sie noch aufgeputzt zum großen Ausgehn: geschminkt, parfumgetauft, langes Kleid und viel zu hohe Stöckelschuhe. Doch da's nur immer geradeaus zur Wohnung oder ins Hotel ging, verzichtete sie bald auf jede Tünche.

Manchmal schlief sie schon und ließ sich nur widerwillig hochzerren. Verspottete mich dann mit unverständlichen Bemerkungen, die die Hofdamen zum Meckern brachten. Stieg mit einem Zischlaut in das Auto, während die Straßenköter alle Gaffer auf die Straße bellten. Beleidigt schweigend fuhren wir um die Ecke.

Dann fielen wir über uns her wie entkettete Verbrecher. Immer dieselben Griffe, obwohl sich ihre Wirkung mit der Zeit verzögerte. In ihren Brüsten wühlen, je nach Bekleidung von unten, oben oder seitlich. Sobald ihre Knospen ganz erhärtet waren, sackte sie vom Sitz und begann den Lingam auszugraben; ohne besondere Finesse, doch mit Naturtalent und den Fingerspitzen einer Sammlerin von Urwaldbeeren. Sobald er eine nur annehmbare Stärkung angenommen hatte, schluckte sie ihn. Spätestens dann hob ich sie an der Yoni bäuchlings auf den Sitz. Wie eine schwarze Mamba krümmte sie sich unterm Schaltbrett: ein Bein im Handschuhfach, das andere zwischen Tür und Sitzlehne, Busen zwischen Schalthebel und Handbremse, eine

Hand gestützt beim Gashebel, die andere am Lingam, Yoni handreichweit vom Fahrersitz und der Kopf zwischen meinen Beinen. Und das in hoher Fahrt am Grand Boulevard, wo die Militärparaden IHM die Reverenz erweisen. In den scharfen Kurven biß sie zu und lachte auf. Dann riß ich an der Yoni, während sie das Gaspedal erdrückte.

In steter Angst vor den beleuchteten Kreuzungen, die auch nachts von Militärs bewacht werden. Von ihnen ertappt zu werden, hätte für Rafael und mich das Aus bedeutet.

Manchmal hielten wir an einem der wackligen Holztische am Straßenrand: „Spießchen oder Hühnchen?" Als Antwort dumpfes Brüten. Ich kaufte ihr ein dürres Huhn und mir ein kaltes Spießchen, stritt mit dem Verkäufer um die zwanzig Cents bei einem Monatslohn von siebentausend Dollar. Aus der Entfernung beobachtete ich sie.

Wie sie das Tier verschlang, ganz in sich versunken!

Mutter, als ich dich in meinem neuen Auto aus der Anstalt holte. Bei einem Würstelstand blieben wir auf deinen Wunsch stehen, zum ersten Mal nach dreizehn Jahren hinter Gittern. Dieselbe stumpfe Traurigkeit, besessen, süchtig und in alle Ewigkeit verloren.

Da liebte ich sie, den ausgehungerten Elendshaufen dort am Straßenrand. Die Liebe der Verdammten.

Anfangs lebte ich mein Doppelleben streng getrennt, getreu der griechischen Antike: am Tag die Agora der Männer, nachts bei den Hetären. Doch die dunkle Seite vermischte sich immer mehr mit der lichten, sogenannt normalen, die mir immer überflüssiger erschien. Die ich erniedrigen wollte, und mich dazu.

Zerrte sie nachts ins Büro, vorbei am schlafenden Wächter, und warf sie im Finstern über meinen Schreibtisch auf die Projektpapiere, die ich am Tag bearbeitete. Die Beine auf zwei herbeigezerrte Fauteuils gespreizt, Oberkörper neugierig aufgerichtet, feuerte sie mich an, während ich schweißnaß ihren Busen fressend in den verschleimten Stollen ihres Kohlenberges trieb. Als ich aufsah, starrte sie verblödet auf die sinnlosen Projekte. Dann schob ich sie nach hinten. Während der Kopf unter dem Schreibtisch baumelte und ich ihr den Schreimund zuhielt und ihre Fäuste meinen Rücken trommelten, strampelte sie mit ihrem Becken wie ein hysterisches Kind. Erst meine Krallenhand konnte das Beben ihrer Yoni langsam bremsen, wie das eingeschobene Brett die Schwingschaukel am Jahrmarkt. In der heißen Finsternis – Klimagerät und Licht hätte uns verraten – rollten wir zu Boden wie zwei wunde Tiere. Immer begleitet von der Angst, vom Nachtwächter entdeckt zu werden und alles zu verlieren.

Die Gier aufeinander brachte uns nicht näher. Im Gegenteil, in dem ständigen Kräftezerren gewann das Abstoßende. Immer fremder wurden wir uns statt vertrauter. Wenn die Körpersprache verstummte, stieg Schweigen auf. Und Angst.

N'golo oder *N'doko*, Eros oder Agape [9]? Die Endrunde begann.

Kleine Verletzungen zuerst, die man sich eben zufügt, wenn man aneinander hängt und sich davon befreien möchte.

Die Rache der Enttäuschung: Sie, weil ich sie nicht aus dem Elend holte, ich, weil – ja warum? weil sie nur meine dunkle Seite freilegte und alles andere verschüttete.

Die Vergeudung. Wie die Sonne täglich ihre Energie ins Meer wirft, verpinkelten wir unser armseliges Feuer wie ein verkühlter Hund an jeder Straßenecke.

Panik überkam uns. Retten, was noch übrigblieb. Noch einmal, zum allerletzten Mal, den andern zur Exstase ausnutzen, weil er die passenden Geschlechts-Werkzeuge besitzt.

Mitleid, das sich in Verachtung kehrte, wenn sie verblödet in die Ecke gaffte. Meine Verachtung spürte sie und revanchierte sich mit Erniedrigung.

Unterbrach das lustlose Gerangel, „*C'est fini?*" warf den versoffenen Egel heraus, nahm ihn zwischen die Finger und schlenkerte ihn mir vorwurfsvoll ins Gesicht. Warf ihren Fetisch unters Bett, der dich genau dann auslacht, wenn du's ernst meinst. Die Urangst vor der Impotenz, dem Verlust der *n'golo.*

Mich zungenschnalzend wegstieß, wenn ich ansetzte. Vorzeitig abdrehte, sich beim Massieren ihres Kinderpopos plötzlich umdrehte und mir die Zunge zeigte.

Die unverstandene Geliebte spielte: „Immer nur baisen. Du liebst mich nicht." Ein Thema, das normalerweise jahrelange Diskussionen einläutet, vor allem wenn der Satz ‚Nie mehr machst du Liebe mit mir' lautet. Wir aber starrten beide vor uns hin, jeder um einen anderen Planeten kreisend.

Wir konnten nichts, gar nichts besprechen. Lebten in einem verstummten Schacht, dem man die Leiter hochgezogen hatte.

Bald darauf begann sie, Liebesbeweise zu fordern: Zog einen Zettel mit ihrer Schuhnummer hervor, aufgeschrieben von einer Hofnutte, die sie diesen Seelentrick lehrte. Nach den Schuhen kamen die Kleider, dann der Schmuck. Uhr, Kassettenradio mit wöchentlichen Batterien hatte ich ihr längst geschenkt.

Dafür zahlte ich weniger fürs Baisen, wie ein Buchhalter. Der intellektuelle Kosmopolit und die Bauernschlaue aus der *brousse.* Wieder sah sie sich als Ausgebeutete.

Schuldgefühle auf den andern schieben, den Ausgebeuteten spielen, darauf verstehen sie sich alle, vom Chef der Nation zur Hofnutte. Verelendung, Massenlandflucht in die überfüllten Slums, Zerfall der traditionellen Großfamilie,

Scheidungen, Arbeitslosigkeit, Millionen junger Mädchen, die sich für eine Kinokarte hingeben.

Wer ist schuld an diesem Verfall? Ich nicht. Ich trat nur ein in diesen Sauladen und bediene mich mit meiner Kaufkraft.

Auch sind sie nicht aus Elfenbein und ihre Spezies nicht vom Aussterben bedroht. Im Gegenteil, eine wahre Termitenplage.

Ich bezahle immer und für jeden Handgriff, sogar den ins Leere. Mit dem Salär, das manche meiner Mädchen kassieren, lebt eine Familie den ganzen Monat. Mein Beitrag zur Entwicklungshilfe.

Sie verderben? Mit elfe geht die Keilerei los, im Hinterhof, am Fluß, im Gestrüpp, hinterm Affenbrotbaum. Die meisten sind schon so verdorben, daß ich mich ihrer schäme.

Schuldgefühle wegen eines Zufallkindes, hineinpfeffern und sich dann wie die Katze trollen? Das schrille Weh der Oma, die das Bündel ein ganzes langes Leben schleppen kann wegen fünf Minuten Lust eines blöden alten Kerls?

Berufsrisiko, lächerlich verglichen mit der SIDA, die uns beide angeht. Die Großfamilie nimmt es auf, irgendeine steckt ihm schon die Titten rein, wenn's schreit. Vielleicht wird es erfolgreich wegen seiner hellen Hautfarbe.

Allmählich verwandelte sich die leere *brousse* ihrer Seelenlandschaft, in der man in den Kampfpausen so herrlich träumen konnte, in eine Schutthalde von Gegenständen, die, ihrer Funktion beraubt, vom Traum zum Alptraum wurden: Lautsprecher, die nur noch *aye, aye* schrien und erst verstummten beim Zertrümmern. Vibratoren mit verbrauchten Batterien, Computer, die nichts mehr speichern konnten, Telefone, die nie mehr anriefen. ausgeleierte Kassettenspieler, erblindete Quarzuhren, ein Generator, der auch nicht nach langem Kurbeln ansprang, zerkratzte Spiegel, vertrocknete Kondome. Verschwommene Polaroidfotos, die bei Betrachtung schmerzen, ausgeronnene Kugelschreiber, die man immer wieder aufgreift. Ein Projekt, das sich längst verfahren hatte.

Die Ruhe war dahin, die Ärgernisse häuften sich. Hielt sich nicht mehr an die Zeit, kam Stunden später, als ich schon mit einer anderen baiste. Rächte sich mit einem Supertripper.

Aus, jetzt reicht's. Ich brachte noch die Medikamente, paketierte die Dosierungen und überwachte die Einnahme der ersten vier Tabletten: „Ist das nicht zuviel? Willst du mich vergiften?" wollte sie anbiedern. Der Alten war es peinlich, vor allem tat ihr leid, daß sie einen Stammkunden aus besserm Haus verlor.

„Fini, *c'est fini.*" Sie sah mich fragend an, blieb stumm wie immer. Beim Abschied verweigerte sie die Hand.

Die Alte besuchte mich noch einmal, Geld eintreiben für die Abtreibung. „Wieso mein Kind?" wollte ich schon fragen, doch dann zahlte ich.

War doch nett von ihnen, hätten mich auch erpressen können. Noch einmal billig davongekommen mit dem Schmerzensgeld. Ihre, meine Schmerzen?

Manchmal denke ich an den kleinen *café au lait* mit meinen Zügen, wie er mit schreiendem Popo zur Mutter flüchtet. Später fragt er sie, von wem die helle Farbe stamme. Ist sie mir gut gesinnt, wird er mich ein Leben lang suchen. Haßt sie mich, wird er mich ein Leben lang verfluchen. Vielleicht kommt er nach Europa und betört die weißen Frauen. Vielleicht werde ich nach Jahren meine Tochter baisen, die junge *métisse* [Mischling], die alle rasend macht?

An die Kindfrau denke ich, die man als Kind empfängt als ein Geschenk, das man das ganze Leben nie mehr herzugeben braucht. Die Frau, die nie alt wird im Herzen und im Körper. Ein Inselleben nur zu zweit, ohne Versuchung eines dritten. Zusammenwachsen miteinander oder gegeneinander, nie aber nebeneinander. Händehaltend auf der Hausbank sitzen und hinüberdämmern in den Großen Schlaf.

Weiter geht's, immer weiter. Vorbei am Höllentor mit Innentreppen, auf denen nackte Mädchen wie Hexen hashishtrunken am Geländer hängen und jeden Mann, sich gegenseitig oder in Ermangelung sich selbst ausgreifen wie Melker in einem rasend gewordenen Stall. Dahinter aufgereiht die Zimmer, lichtlose Brettverschlage mit einer samenstinkenden Matte am Boden und dünnem Türvorhang, durch die das Zündholz des nächsten Kunden flammt. Dazu die kehlige Stimme des Arabers, der mitten im Baisen den heiligen Krieg ausruft. Vielleicht meint er nur, daß es nicht mehr lange dauert und sie kommt, die unter dir oder schon die nächste.

Vorbei am riesigen Barackenbierzelt, das wie ein brennendes Gehöft die Nacht erhellt, wo sich nackte Lumpen für eine fette Frau den Krauseschädel einschlagen. Mit dem Sitzbrett, das sie aus den Eisensesseln reißen, dann den ganzen Sessel, bis zu den gebrochenen Flaschenhälsen, die das Gesicht ein Leben lang zerfetzen. Zum Nachschub schieben wildgewordene Tiere hinter Gittern warmes Flaschenbier durch Eisenstäbe, das schon an der Tränke aufgebissen und getrunken wird, weit zurückgebeugt vor Lachen. Blutlachen.

Alle flüchten kreischend aus dem Schlachtfest, während am Podium die Höllenband den Raufern nachheizt. Bis auch sie sich auf die Meute stürzen und ihre Instrumente auf die Schädel schlagen.

Plötzlich springt eine Gestalt mit langen Schattenbeinen in den Lichtkegel, hebt die Hand und taucht wieder zurück. Dann rennt sie im Rückspiegel auf die Straße und winkt.

Ich bremse, sie beginnt zu laufen, weiterfahren. Sie bleibt stehen, ich bleib' stehen. Sie ziert sich hüftenwiegend, täschchenschwingend, händchenwinkend. Davonfahren, stehenbleiben oder rückwärts fahren?

Da ist sie schon und schaut durchs Fenster. Rastahaar mit weißer Masche an der Seite, junges Gesicht, schlanke Jeans mit leicht gewölbtem Busen, alles da.

„Bonsoir, ça va?" Verschämtes Hüftendrehen. *„Ça va"*, klingt grantig. *„Où allez vous?" „Je ne sais pas"*, Schulterschütteln, Kopfdrehen. *„Chez moi? d'accord?" „D'accord"*, mit einem Seufzer.

Sie tanzt durch den Scheinwerfer, bleibt hängen, wippt kurz mit dem Popo. Nicht sehr gekonnt, eher unangenehm, aber nicht abgefeimt, beinahe rührend. Vielleicht sogar verführerisch?

Einsteigen, Händeschütteln, ein Pakt, bei dem alles offen ist, Himmel oder Raubtierkäfig, und jeder vom anderen erwartet, die Regeln einzuhalten.

„Haben Sie keine Angst, so ganz alleine?" Meist sind sie zu zweit, zur besseren Verteidigung vor Überfällen, oder weil ihnen fad ist. „Warum sind Sie nicht in der Disco?" Lassen sie nicht hinein. „Zu jung?" Siebzehn, wenn's stimmt. Sieht gefährlich jung aus. „Wann sind Sie geboren?" Das Geburtsdatum ratschen sie auswendig herunter. Das Alter wissen sie oft nicht oder lügen.

Streitereien mit den anderen Mädchen, fischt ihnen die Männer weg, verworrene Geschichten. *Angéline* heißt sie. *„Et toi?"* „Joséph." *„Tu es marié"?* „Nein, verwitwet." Das Wort verstehen sie meist nicht. „Meine Frau ist tot." „Woran ist sie gestorben?" „Suizid", verstehn sie schon gar nicht. „Sie hat sich umgebracht." Schweigen, während ich die Tote um Verzeihung bitte.

Meist reagieren sie betroffen, ohne falsches Mitleid.

„Pourquoi?" Darauf ein ausgeräuchertes „Gott alleine weiß es."

„Weil du zuviele Frauen hast." „Nicht zu viele", kläglicher Nachwitz. *„Mais oui,* jeden Tag eine andere, Montag Clarisse, Dienstag Caroline ...", dann bringt sie die Wochentage durcheinander, oder es fallen ihr keine Mädchennamen mehr ein.

„Was machst du so im Leben?" „Rien", wie alle.

„Und die Schule?" Rausgeschmissen, klar. Der Banalitäten müde, beschleunige ich die Sachlage.

„Tu es très belle", die Hand vom Lenkrad fährt in den tiefen Ärmelausschnitt direkt auf den Busen, eine kleine kühle Melone. Den Fingerdruck auf ihre Knospe verstärke ich mit einem Wangenkuß. Feuchte Forellenhaut. „Ich bin sehr zufrieden, glücklich, dich gefunden zu haben."

Sie wirft ihre Lassoarme um mich, zieht mich herab, küßt mich am Ohr und flüstert: *„On va bieeen baiser."* Setzt sich ruckartig gerade und spricht mit geballten Fäusten durch die Windschutzscheibe in die Nacht: *„Je sais, tu as besoin de moi, je le sais."*

Und während sie den Lingam massiert, murmelt sie dumpfe Beschwörungen. Der Zauberspruch, der uns ewig binden soll. Dunkle Drohung auch, sie nie mehr zu verlassen.

Aufgähnt das Tor zur Tiefgarage. über versoffene Wächter auf Pappkartons, verschlafene Maschinenpistolen, Stahlhelme mit Bier oder Urin, Knochenreste kleiner Affen oder großer Ratten, Kurve um betrunkene Kurve in die Tiefe. Sie fürchtet sich ein wenig.

An der kalkweißen Mauer überm Liftschalter klebt ein fetter, knallroter Kußabdruck, bei dem man noch die Maserung der Lippen erkennen kann. Ein Panerotikum dieses Land. Es erregt uns noch, als sie ihren Venushügel schmerzhaft auf die Hoden drückt.

Letztes Aufheizen im Aufzug. Angst, wenn der Aufzug stecken bleibt und es alle wissen.

Im sechsten Stockwerk wieder volles Programm, das Ausklingen eines gemütlichen Abends: raufende Gorillas mit Parfummädchen, die sich gegen den Rausschmiß wehren, *„mais pas comme ça !"*

Hinter der Wohnungstüre fallen wir uns an, sie ist nicht zu bändigen. Keine Zeit für Drinks, Porno, Rafael und Wohnung schauen. Gerüche steigen auf, Menschenbeize, die die Tiere noch mehr reizt. Das Teppichraufen beginnt. Aufreißen, die Kleiderhaut abziehen und ins Brautgemach schleifen. Abschließen vor Rafael, der Stadt, der Welt, der Vergangenheit, dem Tod.

Sie zwingt dich, wenn du zögerst, in den Fluß zu springen, wo's von Krokodilen wimmelt. Wartet, wenn das Fährtenhecheln dich erlahmt. Biegt die Lianen auseinander und eröffnet helle Schattentäler. Seltsame Erde, statt der Blumenwiese dampfende fettschwarze Schollen, aus denen Schlangen statt Regenwürmer quellen, und Riesenratten in den höchsten Tönen quietschen. Sie ruft dich, wenn du dich vertrollst, doch es tönt wie ein verzerrtes Echo. Wenn du versuchst, ihr zu entkommen, fassen schwarze Pythonhände aus dem Dickicht und würgen dich. Sie stolpert, stürzt, du hebst sie auf, setzt sie auf den Reiterschoß, drehst sie um, drückst sie in die Knie, während du von hinten ihre Brüstlein hältst und am Rosenkranz des Rückgrats leckst. Durch den Mutterkuchen in die Herzkammern hinauf ins Stammhirn wie der Aal im Frühling. Jetzt lacht sie, helle Maiglocken, Almauftrieb der prallen Euter. Sie jammert immer lauter, weint aus zurückgebeugtem Halse. *„J'arrive"*, und dann der Urschrei.

Du schlüpfst unter den Wasserfall und bestaunst von innen seinen Regenbogen wie am Tag der Schöpfung. Zum Höhlenmensch gekauert, fröstelnd hinter der Wasserwand, die tosend in den Abgrund stürzt.

Dein Findelkind, ausgeliefert im Vertrauen. Warm vom

Henkerstrang genommen baumeln die gespreizten Beine überm Bett. Fleischgewordene Hingabe, tief und feucht in der Erwartung. Eros nackt und stark und duftend wie das Königskraut auf der verdorrten Heide.

Sie ist erschöpft, möchte Wasser trinken. Weit zurückgebogen leert sie das Glas mit einem Zug, dann sinkt sie unter das zerwühlte Leintuch. Schon schnarcht sie, leises Katerschnurren.

Ich ziehe sacht das Leichentuch zurück, und da liegt sie, rohes Fleisch in schwarzen Samt genäht.

Das Bordell der greisen Männer, denen sich die Mädchen nur im Tiefschlaf hingeben, nie das Gesicht des Todes schauen. Er beugt sich hinab und erkennt in ihrem Spiegel seine Jugend, süß und schmerzhaft.

Woher kommst du, Mädchen mit den tätowierten Punkten auf der Perlenstirn? Die Myrrhe deiner Jugend in Seidenhaut gehüllt, samtgefaltet deine Scham einer geheimnisreichen Rasse. Fetisch aus Lehm und Staub, darin die dumpfe Trommel pocht. Aus dem großen Fluß gewatet in die Sonnenblende, auf Raubtierpfaden durch Mangrovenwurzeln in die Morgendörfer aus gestampfter Hirse. Stolzer Kalebassenkopf, der lachend in den heißen Mittag schwappt. Palaver aufsteigen wie die Rauchsäulen des Abends, Brandgebete an die Sternenseelen.

Erdgeboren, hellhäutig, den Mutterkuchen an der bleichen Nabelschnur, bis er verdorrt und als Seelenschwester eingegraben in der Hütte, mit derselben Ackerhaue wie die Toten hinter den Ahnenpfählen.

Wenn der Vater mit rauhen Fingern an die Lippen rührt, lächelst du aus rosa Katzengaumen, der stumme Schrei der Vogelbrut.

An den Mutterbrüsten, ausgedörrte Lappen, krabbeln

braune Fingerwürmer mit rosa Bauch, während eine schwarze Tränenkugel auf die gestampfte Erde rollt.

Die Mutterhand schmiert unablässig gelbe Hirse in den Mund, die du mit tiefem Sauger aus der braunen Kalebasse hinunterspülst.

Zeit des Regens, nackte Freudentänze vor der Hütte. Mückenfieber, Ohnmacht, der dunkle Ritus der Beschneidung. Schneiden, in die Tierhaut brennen, tätowieren.

Zeit des Wassertragens in schwappenden Kübeln auf gerollten Fetzen überm Kopf. Ästesammeln aus der dürren Steppe mit Skorpionen auf den Dornenwegen.

Abendzeit des Hirsestampfens: schwere Hölzer in die Höhe werfen, zweimal klatschen und sie in die Mörser schleudern. *Foufou* [Hirsebrei] in den schwarzen Eisenkesseln rühren, die auf rauchgeschwärzten Steinen stehen. Zufriedene Hirsebäuche auf den müden Matten grunzen. Stille heilige Nacht, nur die Hyänen lachen um die Hütten unterm Feuerwerk der Sterne.

Zeit des Wäscheschlagens unten am Fluß. Aus dem Dickicht glühen weiße Augen, Männer auf der Lauer.

Schultag in der kotverschmierten Hütte, dem Dorfscheißplatz bei Nacht, auf wackeligen Bänken ohne Pult. Als auch die Bank gestohlen war, saß sie auf Ziegeln. Dem zerlumpten Lehrer schrie sie nach im Chor, während alle durch die fensterlosen Mauerlöcher auf die Riesenvögel starren, die sich krächzend in der prallen Sonne paarten.

Die erste Hingabe. Frühabends am Fluß, die Sonne ein roter Maskenball, durch den die Einbaumboote stechen, auf denen nackte Muskeltiere laufen, auf und ab, und das Boot mit langen dünnen Stäben vorwärts treiben. Er trat aus dem Gestrüpp, in seinen Raubtieraugen flackerte der Sonnenuntergang, als er sie mitsamt dem Wasserkübel in die Dornenbüsche warf.

Und aus dem entsetzten Schrei wurde ein Seufzer der Ergebung, aus der gespreizten Abwehr ein Wühlen in den

Rücken. Und die Erkenntnis drang in sie wie die Schlange in die Erde nach dem Biß.

Viele Abende noch hielt sie seine Hand am Fluß, küßte ihn mit toten Augen, befühlte seine Schwellung und träumte von Hochzeit und *bébé*.

Bis er dem Elend davonrannte. Das halbe Dorf zog ihm nach in die große Morgana, auf einem zerbeulten Lastwagen die Staubfahne geschwungen. Am Stadtrand blieben sie hängen, zwischen den Betonruinen unter einem Wellblechdach auf roh behauene Balken genagelt. Ein neues Dorf in einer neuen Stadt, die vorher Angekommenen lehren sie das Überleben: Wasser nachts aus den Gartenhähnen der Reichen, das Drahtgewirr am Strommast ableiten zur Glühbirne mit Stecker. Mit den ersten Hurengeldern kommt das Radio, das mit den Kindern um die Wette plärrt, der Ventilator, der nur einen Tag läuft, aber immer wieder angeworfen wird in der Hoffnung, ihn durch Zufall aufzuwecken. Der krächzende Kassettenspieler, die Kühltruhe mit ausgeleiertem Kompressor.

Schließlich der kleine Flackerofen, der die ganze Nachbarschaft beheizt. An jenen heißen Abenden, wenn der große *m'wanza* herabsteigt aus den Fernsehwolken. Staubkorn erst, das wächst und wächst zum Großen Bruder, und mit der Fackel der Revolution die Verzagten aus der Nacht in die Morgenröte der Versklavung führt.

Und stampfend und wiegend tanzen die *mamas* und *papas* um dem Flimmerkasten zwischen umgestürzten Kübeln, zerbeulten Blechwannen und leeren Flaschen. Selige Zeiten, alle wiegen sich hinaus zum Großen Ahnensee, wo fette Büffel weiden und Antilopen, und Hirsebrei gestampft von vollbrüstigen Mädchen.

Eros und Agape

Als Himmel und Erde noch eins,
Träume rund und hell wie Kieselrollen
im klaren Bach den Morgen einläuten in Andacht.
Auf den Stufen des Altares beten
ad deum qui laetificat juventutem meam.

Mit weißgestärkter Spitzenseele aus dem Sündenreich der Nacht im Morgengrauen in den angstgeschnitzten Beichtstuhl stürzen, Erlösung zu erflehen aus der ewigen Verdammnis.

Gedankenleiber geknetet aus traumgekalkter Erde
feucht vom Tränentau erwacht.

Vom Chorgestühl mit innig zugedrückten Augen auf die geduckte Herde singen, plötzlich verstummt beim Anblick weißer Schenkel, die sie beim Niederknien entblößt.

Und ein Sehnen steigt auf unter gotischen Bäumen,
helle Nachtigallen aus dem gesträubten Gefieder der Angst.
Schafe aus wolligen Träumen
nippen an der frischen Frauensaat.
Eros durchschleicht den Leib
wie ein Gerücht die dunklen Bazare.

Jungfrau du Reine, *immaculata* mit dem Sternenkranz auf dem zertretenen Schlangenkopf der Sünde. Meerstern ich dich grüße aus dem Abgrund der Verwirrung, als der Leib erbebte und der Geysir aus unbekannten Tiefen einen fremden Saft schleuderte, klebrig wie das Blut der Tiere. Und die Sünde grinste aus dem Morgenspiegel.

Blonde Jungfrau du Blasse im wallenden Gewand, die Unzucht zu besiegen. Mutter du Reine, *hehre frouwe,* die mit erhobenem Zeigefinger vom Altarbild droht.

Siehe, hinter der Ikonenwand die entblößte Dritte der weiblichen Dreifaltigkeit Jungfrau, Mutter, Hure. Hineingestoßen in die eleusischen Mysterien, die Engelshure mit dem Mona Lisa Lächeln über der gespreizten Scham.

Als er hinabstieg in die Kellerschwüle und die Freche mit den spitzen Brüsten seine gesträubte Hand zwischen die Schenkel zerrte, da sprang die Flamme der Erkenntnis ins Gesicht. Herausgerissen aus dem Tabernakel ward die Hostie zertreten.

Ein Dunsthauch aus dem engen Schiffsleib der Klosette aufsteigt wie dampfender Tiermist auf vereister Erde. Martyrium der Zucht in den Gehegen ohrenroter Unzucht. Den Krokodilbauch eines Knaben streicheln, immer tiefer bis hinunter an die Wurzel aller Hitze. Jahrzehnte später noch dieselbe Hitze beim Streicheln eines schwarzen Schlangenbauches.

Mutter, deine zerflennten Augen beim Besuch im Kloster mit den hohen Mauern vor der Welt geschützt, inmitten blühender Hügel und seufzender Wälder. Jeden Monat neue Tränen, die nicht meine waren.

Plötzlich vom wilden Pfauenschrei der Urangst aus dem Dünenschlaf gerissen: da liegt sie, die ertränkte Schwester mit Wasserkopf und Glatze durch die Flußkiesel gerissen. Nur erkennbar an der Goldkette, die in den aufgeschwemmten Hals schneidet. Ihr Kleidchen hing halbzerknittert am Bügelbrett in der verlassenen Wohnung.

Die geisteskranke Mutter im Gefängnis kniete im Gebet zur neuen Heiligen, daß sie auferstehe mit geschminkten Wangen und die Welt erlöse. Durch Christus, ihren vielgeliebten Sohn.

Als er sie besuchte im Gefängnis mit den hohen Mauern vor der Welt geschützt, inmitten verwitterter Häuser und seufzender Zellen. Jeden Monat neue Tränen, die nicht meine waren.

Du Wahnsinnige mit den Wahnsinnsaugen, den zuckenden Händen, die verwelkt und tränenkalt die verzehrten Jünglingswangen fassen zum letzten Kuß vor einer Reise ohne Rückkehr. Mein Fahlgesicht hinabzogst unter die Knitterseide deines Leids und der Blitz der Haßliebe in meine Pupille fuhr und mich blendete für alle Frauen, die da kommen wollten. Die Erkenntnis, ihr Leidgesicht zu küssen und im selben Augenblick mit einem Messer zu zerfetzen. Mutter, die die Freude meiner Jugend löschte durch das Leid des Wahnsinns, während die anderen sich betranken an der Frische ihres Blutes.

Mutter du Einzige, die eintreten durfte in die innerste Kammer meiner Seele, bevor sie sich für immer schloß.

Mit den Karawanen der Sehnsucht
singend im Nomadenwind, winkt aus rotem Wolkenstaub
Morgana im sandbraunen Gewande der Dünen.
Wallt über glühende Hügel,
Arme ausgebreitet in der Erwartung
des rosenfingrigen Gottes.
Gedankenverschleiert hinterm Fenster standest,
stolzer Falke hoch über den Menschen,
und ein Sehnen zerrte an der Lederfessel deiner Träume.

Schönstes Kind im Nachbarhaus. Immer an sie denken, sie in die samenschweren Träume führen. Immer auf der Lauer hinterm Vorhang, ob sie die heißen Ströme spürt, sich freut über deine Blicke, dich ausspäht in der Horde.

Bis auch sie hinabsteigt in den Keller mit den wüsten Knaben und nach unendlich langer Zeit ohrenrot herausrennt.

Wirtstochter im Fenster, die sich jeden Abend vor den johlenden Augen der Zöglinge entblößte, schön und weich und warm und zärtlich. Nur ich erkannte deine Sehnsucht nach der reinen Liebe. Doch als ich sie berührte, wich sie aus, verschreckt von meiner finsteren Besessenheit.

Rosa ohne Dornen. Auf der Mondlichtbank umklammerte ich deine Hand und verriet dir wortlos meine Liebe. Bis du fröstelnd gingst, ohne dich jemals wieder umzudrehen.

Die Paarung auf der Frühlingswiese, sein schwarzer Pullover mit dem weißen Hintern zwischen ihren aufgestellten roten Schenkelstrümpfen wippte, bis er darauffiel, festgesaugt auf ihrer nackten Brust. Mich nicht beachteten, obwohl ich ganz nah bei ihnen stand und wartete.

Zeit der Männer. Der Schock, als sie nach der Wurzel griffen. Und dennoch, die erste Macht über eines anderen Begehren.

Die erste Frau. Plötzlich liegt sie da, der Meteor aus einem fremden Universum, gefährlich schillernd wie die Schlange, die man dir ausgestopft ins Bett legt, während die anderen zusehen und bei deinem Aufschrei böse lachen. Nackt liegt sie neben dir, den Kopf auf die Hand gestützt. Sinngetrübten Blickes sieht sie dich an und wartet. Es gibt kein Entrinnen.

Und er, schwebender Drache im Zenith, hilfloses Entsetzen des Knaben an der erlahmten Schnur.

Da schrie ich zu Gott, er möge mir die Sünde, diese eine lebenswichtige Todsünde nicht verzeihen, sondern ermöglichen. ‚Erstarke mich mit dem Blut des Osterlammes und erstarre meine Schlange zum Stabe Moses, der aus taubem Stein die Quelle schlägt.‘

Als er mich hineintaumeln ließ in die Wüste der Verzweiflung und die Erwartung sich auflöste wie Nebelschwaden über einer wasserlosen Schlucht, da hatte ich abgerechnet. Mit Gott, und mit der Frau, die achtlos ihre Kleidertrümmer aufhob und mich zurückstieß, als ich ein letztes Mal nach ihrem Marmor griff.

Und ich blickte in einen tiefen Brunnen, aus dem, verschwommen erst, dann immer klarer die Verachtung der verletzten Seele glühte. Mein Antlitz? Das ihre?

In nineteensixtyone – it seems so long ago – klingt Gitarrelachen aus der *Fonda Pepe*. Vier junge Amerikaner waren mit einer Jacht gelandet und feierten seit Tagen Doppelhochzeit in dem Fischerdorf, wo sie sich vor einem Jahr getroffen hatten. Aus dem PX-Laden bei Sevilla hatten sie kistenweise Champagner mitgebracht und große fette Texas-Steaks, die man am Sandstrand vor der Fonda röstete. Dazu ein Plattenspieler mit dem Neuesten direkt aus U.S.A.

Da rasselt eine rothaarige Zigeunerin herein und bringt alles zum Verstummen. Ihr Begleiter, ein College-Boy mit dicken Brillen, wirkt verlegener als sie und packt umständlich seine Gitarre aus. In einer Flamencopause spielt er *Belle Douette,* ein altfranzösisches Chanson, zu dem sie singt. Schlecht, aber verrucht-verraucht wie Juliette Greco.

Alle wollen mit ihr tanzen, auch der Junge mit der verspeckten Lederjacke und dem zerrissenen Torerohemd. Ängstlich, da er nicht tanzen konnte und noch nie so eine schöne Frau zu irgendetwas aufgefordert hatte. Sie sieht ihn an und lächelt.

Magdalena hieß sie, wie die Sünde. „Kannst mich auch Lena nennen". Er redet, spielt seine schönsten Lieder und singt nur für sie. Erzählt von diesem seltsamen Ort, den bunten Menschen, dergleichen er noch nie vorher getroffen, doch immer schon erträumt hatte. Ein Redeschwall bis an ihre Zimmerschwelle, wo sie verlegen schweigen. Dann bittet er sie, „um acht am Strand". „Das ist zu früh, um neun." „ok, um neun." Ein Kuß zappelt hilflos in der Tür.

Sein Zimmer, ein verfallener Leuchtturm am *el punto,* unter ihm der Strand, ein ausgebleichter Knochen, an dem die Wellen lecken. Die Nacht der Flammen. Ihre kargen Worte zu grotesken Versprechen umgewandelt. Ein Film aus Beinen, Becken, Busen, Händen bis in die Fingerspitzen, endlos umgespult, in Zeitlupe, Zeitraffer, mit und ohne Ton. Schwarzweiß die andern, sie in Farbe. Ihre Riesenaugen, die das Unterwasser seiner Träume noch vergrößert, wühlen in einem nie gekannten Schmerz.

Wird sie ihn verstoßen, wenn er sie küssen will, ihn auslachen, wenn er ihr erzählt, wie verliebt er sei? Wird sie ihn lieben, wie er ist, unwissend und arm? Und sie schön und so erfahren.

Die Sonne schien schon hoch, als er aufwachte und hinab zum Strand lief. Leer bis auf einige Pärchen, die erstaunt den Strandlauf des Besessenen verfolgten. Bis hinter die schwarzen Felsen ganz am Ende rannte er, vielleicht erwartete sie ihn dort, abgeschirmt von allen Blicken.

Rannte zurück, vielleicht war sie mittlerweile eingetroffen. Nichts. Vielleicht war sie schon da und kehrte um, enttäuscht wie er? Vielleicht schläft sie noch? Allein oder mit einem anderen, und lacht im Traume über ihn.

Zehn Uhr, elf, halb zwölf. Es ist unerträglich heiß, er muß Klarheit haben, rennt zum Hotel. Bremst vor ihrem Zimmer, horcht. Totenstille. Vielleicht ist sie schon abgefahren, mit dem Mann, der sie begleitete? Lange zögert er. Vielleicht sollte er auch abreisen, um wenigstens die Illusion zu behalten?

Dann klopft er. Nichts. Beim zweiten Mal glaubt er, ein Geräusch zu hören. „Lena?", keine Antwort, Stille wie zuvor. Er trommelt aufgeregt, ruft durchs versperrte Schlüsselloch

„Lena, Lena". Ein gedehntes „Jaaa. was ist? Wer ist da?" Er nennt seinen Namen. Hat sie sich wenigstens den gemerkt? Nach einer Ewigkeit erscheint sie.

„'ntschuldigung, ich habe verschlafen." Wie konnte sie schlafen, während er lichterloh brannte!

Sie war nackt, nur in ein Handtuch gehüllt, griffbereit für jeden. Niemals würde sie ihm treu bleiben.

„Wie spät ist es?" Faßt ihn an wie eine Krücke und gähnt. „Warte an der Bar auf mich, ich komme gleich, in einer halben Stunde." Nach einer Stunde kommt sie angetanzt, lächelt alle an, auch ihn. Das Rendezvous am Strand scheint sie vergessen zu haben. Schäkert mit allen, läßt sich von einem besonders Frechen auf einen Drink einladen.

Da nimmt sie plötzlich mitten im Gespräch den Leinensack, rutscht vom Hocker, verabschiedet sich charmant und sagt zu ihm: „Also, gehen wir?" Er errötet und schleicht benommen hinterher, während er das Grinsen der anderen in seinem Nacken spürt.

Schweigend gehen sie zum Strand, er rennt voraus, voll Scham und Glück und Angst. Breitet für sie seine Lumpen aus, denen sie ihr rotes Handtuch überwirft. Das Handtuch, alles hatte er vergessen. In Sekundenschnelle hatte sie sich ausgezogen und räkelte ihren Bikini in der Sonne. Der fleischgewordene Traum, das Mädchen der Journale von der Filmleinwand zu ihm herabgestiegen. Die Unerreichbare greifbar geworden.

Lena lüftet ihre dunkle Brille und lacht über seine Affenblicke. Dann sieht sie ihn lange an, voll und ernst.

Er rennt ins Meer, die Wallungen ertränken. Als er zurückkommt, liegt sie ausgestreckt und protestiert, als sein Schatten auf sie trieft.

Auf sie fallen, alles abladen, was auf seiner Seele lastet. Vorsichtig legt er sich daneben. So heiß fühlt sich ihr kühler Arm an.

Stockend beginnt er zu reden. Wie sehr er auf sie gewartet hatte, wie groß seine Enttäuschung. Die Angst, er hätte sie für immer verloren. Wie froh er nun sei.

Lena schweigt und lächelt. Dann steht sie auf und tänzelt ins Meer, jung und schön wie eine Göttin. So unbekümmert, verglichen mit der nassen Schwere seiner Seele. Sie taucht halb unter, läuft zurück, spritzt ihn an und zerrt ihn ins Wasser.

Gekonnt schwimmt sie ihm davon und weit hinaus. Ihr Kopf ein schwarzer Korken auf den Silberschuppen, der auf und niedertaucht.

Die Schwester, sie ertrinkt! Er schwimmt ihr nach, und sie greifen sich flüchtig an, zum ersten Mal. Dann taucht sie ab und winkt ans Ufer.

Mit bloßen Händen schaufelt er ein Nest mit Nackenstütze, Beckengrube und einen Schutzwall gegen alle bösen Blicke dieser Welt. Dann liegen sie wieder aneinander. Ein unerträgliches Verlangen, dieses zerrende Zerreißen völliger Bewegungslosigkeit, wenn beide an das Gleiche denken. Hinübergreifen, sich umarmen, küssen, endlich Klarheit schaffen. Die Lähmung, die Angst vor der Zurückweisung, die Furcht, alles zu zerstören, auch die Hoffnung. Ist das die große Liebe? Oder der Beginn des Sterbens?

Den ganzen Tag bleiben sie liegen. Er baut ein Sonnendach aus ihrem Lendentuch, schaufelt frische Dünenpolster, rennt stündlich um Getränke. Alles, um sie an diesen Platz zu heften, ihn nie mehr zu verlassen.

Als Lena von ihren Männern anfängt, wird ihm übel. Magdalena die Erfahrene, und er das Spielzeug im Vorübergehen, die Erholung vor dem Nächsten.

Doch dann sagt sie, sie sei vor diesen Männern hierher geflüchtet, um sich zu verlieben. Ganz aufgeregt setzt sie sich plötzlich auf und schwört mit geschlossenen Augen und geballten Fäusten „Wieder mal so richtig mich verlieben."

Wieder mal! Er hatte sich noch nie verliebt. Seine Mädchen waren armselige Préluden an die Unvollendete, ein Fetzenhaufen durchgeschwitzter Träume. Doch als er seine Mädchen aufzählte, verwandelten sie sich zu gemähten Blumen über alle Welt verstreut, und er zum großen Schnitter.

Jahre später erzählte sie ihm, daß er damit ihre Eifersucht erregte, wenn auch nur für einen Augenblick.

Das große Fest. Aus allen Ländern lagen sie ums Feuer, das vom Strand wie ein Kannibalenfest aufleuchtete, saßen auf den Felsen und ließen sich vom Meer die Beine lecken. Verliebte tanzten hashishtrunken den Strand entlang, angeheizt von einem Dutzend Sänger mit Gitarre. Zwischen Felsen eingeklemmt die heißgefachten Eisenplatten mit den Steaks. Champagner in Bottichen mit Früchten, *sangria de los reyes*. Kilometerweit hatte man das Eis mit Eselskarren angeschleppt. Das Leben eine endlose Fiesta.

Der Abendwind blies kühl durch Lenas bleichen Trenchcoat und entblößte ihre langen Beine. Daran baumelten absurde Stöckelschuhe, die sie ständig an- und auszog, an beiden Händen trug, oder mit Hilfe aller Männer suchte.

Das hennarote Haar aufgeschopft zum Ponyschweif, am Scheitel eine kleine schwarze Masche. Große Ohrringe klimperten bei jeder Kopfbewegung. Sie schäkerte mit allen und in allen Sprachen und lachte, daß die Zähne bleckten. Er hatte Angst und trank.

Als die Ausgelassenheit begann, in weinrote Lachen zu erbrechen, in denen angenagte Früchte schwammen, ging er zu den Felsen und wartete im Schatten.

Endlich kam sie, stand über ihm und suchte etwas.

„Lena“, flüstert er. Sie dreht sich blitzschnell um. Sieht nichts. „Lena“, und tritt in den blanken Mond. Hebt sie zu sich herunter. Erschlafft und weit zurückgebeugt liegt sie in den Armen. Er richtet sie auf und streift ihre bleichen Schenkeln, immer höher. Beide zögern, bis sie seine Hand umklammert und „nein, nein“ stammelt. Ein Seufzer flieht aus toten Augen.

Und weiße Ratten gischen über Felsen, schreien „jaja, yaya“ und erheben sich zu Möven. Und die Tränen aus den armgepreßten Leibern schwimmen hinaus zur mondgebleichten Insel, wo Haie in der Blutspur raufen.

Blut. Sie spürt zuerst die Nässe, die Kerze bestätigt es. Blutige Geschlechter, Blut zwischen den Beinen, am zerwühlten Leintuch, an den Händen, die es auf ihre Brüste, seinen Rücken und in die Gesichter schmierten. Menstruationsblut oder Verletzung?

Seine Vorhaut war zerrissen, die Blutrache der *mater immaculata*.

Er wollte noch am selben Tag abreisen, fliehen. Redete wie besessen von dem Unglück. Sie beruhigte ihn schwach, es sei doch alles nicht so wichtig.

Als sie ihn nach einigen Tagen vorsichtig masturbierte, wuchsen nur die Schuldgefühle. Beide zogen sich zurück, woher sie voll Erwartung eben erst gekommen waren.

Am nächsten Morgen fuhr er ab. Sie weinte leicht, man versprach sich Treue und ein Wiedersehen in der Heimat. Ein letztes Winken um die Kurve des verstaubten Busses. Beide rechneten damit, sich nie mehr zu sehen.

Einmal schrieb ihm Lena von einer Jacht, auf der sie Arbeit fand. Verzweifelt schickte er ihr eine Locke seiner Scham, die jemand anderer erhielt.

Eines Abends war sie da. Hüpfte aus der Umarmung dringend auf das Klo der neuen Wohnung, die er für sie eingerichtet hatte.

Alle bewunderten das schöne Paar, verliebten sich in beide. Manchmal rannte er direkt vom Hörsaal in das bettwarme Geräkel ihrer Glieder, die nach Samen rochen. Sich zu vergewissern, daß sie sich noch liebten.

Doch bald tauchten die Unterschiede auf. Er hektisch, hatte noch den ganzen Lebenskampf vor sich und wußte, daß ihm dabei niemand half.

Sie gelassen, irgendwer würde sie schon betten, wenn sie auf der Straße lag. Wozu sich Sorgen machen, wenn die Jugend und das Leben so hautnah in den Armen liegt?

Betrachtete den Sex als ein Vergnügen, nicht die Befreiung von der Qual. Während er in Ketten rudert, räkelt sie am Sonnendeck und verlangt nach einem kühlen Drink.

Der Sommer kam. Sie fuhren in den hohen Norden, wo er mit Straßensingen Geld verdiente, dann ruckum in den Süden.

Die verlassene Insel, grellweiße Kirchen mit hellblauen Kuppeln, umkalkte Straßensteine und blaue Fensterläden, die an helle Träume klopfen.

Sie schliefen in der Kirche hinter der Ikonostas. Bis eines Morgens eine alte Schwarzgekleidete mit einem jungen Mädchen in weißen Spitzenschleiern kam. Sie küßten und herzten alle neunundneunzig Heiligen und zündeten dünne honiggelbe Kerzen an. Plötzlich sah das Mädchen, wie er aus dem Schlafsack kroch, der fleischgewordene Joannis. Sie starrte ihn entgeistert an, dann lief sie zur Alten und schrie ihr ins Ohr, während sie auf die Ikonen zeigte: „*andra, andra* [ein Mann].“

Am Tag rannten sie zum Meer hinunter, schnorchelten zwischen den Felsen. Abends stiegen sie hinauf ins Dorf zu Lammfleisch, gebratenen Fischen und geharztem Wein.

Nachts umarmten sie sich in der Mönchszelle. Die Windstille des Glücks. Sie nahm sich vor, bis ans Ende ihrer Tage immer nur im Paradies zu leben.

Zuhause, in der regenkalten Stadt, begann der Endkampf. „Liebst du mich noch?“ Bis er darauf schwieg.

„Was liebst du eigentlich an mir?“ Bis ihr nichts mehr einfiel. Sie begann zu leiden. Er beobachtete, wie sie verfiel und stieß nach: „Wir passen nicht zusammen, haben uns geirrt. Ein weiteres Zusammenleben ist reine Vergeudung.“ Beim Wort Vergeudung weinte sie.

Eines Mittags war sie weg. Verwirrt suchte er nach einem Zettel. Kein Wort, nur die Leere.

Aye, la noche triste. Die Nacht der langen Messer, Bilder platzen wie die Trauben in der Kelter. Auf Wut folgt Jammern, auf Verfluchen das Verzeihen. Wenn sie nur zurückkäme.

Beim ersten Vogelzwitschern über der schlafenden Stadt streiften ihn die Schwingen der Verlassenheit, die ihn begleiten würde bis ans Ende seiner Tage.

Den Todesstoß gab sie ihm ein Jahr später. Schrieb, sie denke oft an ihn und würde ihn gerne wieder sehen. Er fuhr los und kam zu früh an.

Sie hatte sich nicht verändert, etwas trauriger vielleicht, aber über einen anderen. Wollte wieder weitermachen, wo sie aufgehört, verstand ohnehin nie ganz die Trennung.

Er war nervös, mitten im Vormarsch. Hatte sich die Bestätigung bei anderen Mädchen geholt und wollte wissen, wer von beiden schuld war. Und warum.

Schon in der ersten Nacht waren sie hilflos wie zuvor. Bedrücktheit, Angst und Gleichgültigkeit stieg auf, als sie augenoffen unter einer Glasglocke des Schweigens lagen. Wußten nichts miteinander anzufangen, standen sich im Weg. Manchmal überkam sie auf der Straße das Verlangen. Rannten nach Hause, dann versagte er. Als Beschuldigung und Schuldgefühl sich immer mehr verknoteten, verschwand er.

Fuhr zum Stadtteil mit der Métro ihres Namens: Madeleine, achter Bezirk, wo damals noch die Huren billig auf der Straße lagen. Ein ganzes Viertel, jedes Haus ein Bordell. Dralle Fellini-Frauen stehen auf der Stiege, die steil nach oben in die Zimmer führt, rücken nach, wenn die unterste hinaufsteigt. Lachen, winken, schreien heiser auf die stumpfe Männerhorde. Spanier, Araber, Neger, die in die Hosentaschen onanieren und wie ausgezehrte Raubtiere auf das nackte Fleisch starren.

Kommt ein Riesenarsch auf die letzte Sprosse, rennen gleich mehrere Männer vor. Flüstern dem Nachbarn eine Zahl ins Ohr. Wer aus der Faust die Anzahl Finger wirft, die ihr am nächsten kommt, darf sie haben. Dann klatschen alle, und die Dame winkt selig von der Brüstung des Verandabusens. Manchmal schieben sie johlend einen bis zur Treppe vor. Sie faßt den Weihnachtssack und zieht den Zappelnden hinauf.

Von einem Nebenstehenden erfährt er den Preis: zweitausend (alte) Franc. Das ist billig. Für wie lange? Da drehn sich alle um und lachen: *„Ça dépend de toi."*

Er ging weiter. Suchte nach einer keuschen Schönheit unter denen, die auf der tiefsten Stufe standen. Er hatte Prüfungsangst, war erschöpft, verspürte nicht die geringste Lust. Und doch mußte er die Frage beantworten: war er impotent oder nicht? Er wußte, daß er es nicht war, es aber unter gewissen Umständen sein könnte. Eine Ausrede, die auch bei Lena gelten konnte.

Furcht vor dem Gelächter, als er ihr nachstieg. Angstvoll auf die straffen Schenkel starren, die, eingepfercht in roten Netzen, mit der schwarzen Naht stracks zum Ursprung der Verwirrung führen. Verschnürte Mieder, umgedrehte Strapse und Höschen mit zerrissenem Reißverschluß, alles heillos durcheinander über der rasierten Babyscham. Vorbei an den wissend grinsenden Fischweibern, die vor den Zimmern stehen, das ängstliche Gesicht bespötteln und dabei die Hand aufhalten; alt und fett wie die Mamas, die auf rostigen Parkbänken ihre geäderten Kniekehlen zwischen aufgerollten Seidenstutzen und wollrosa Unterhosen in die Rentnersonne hängen.

Hinein in die gute Stube mit dem Geruch vom Fischmarkt, dem verdreckten Waschbecken unterm blinden Spiegel, in das sie den Schwanz massiert, daß wahren Männern längst der Eitersamen rinnt. Den roten Büstenhalter läßt sie an, groß und prall wie Teufelsköpfe. Nicht küssen, nicht angreifen, schon gar nicht die Frisur, nur schön hineinlegen ins Gitterbett.

Nach einer Zeit beugt er sich auf und starrt auf ihren Kopf, aus dem sein Wurm hängt. Zwei verirrte Körperteile in sinnloser Vereinigung. Sie sieht verärgert auf: *„Ça n' marche pas, pourquoi?"*

Dann spült sie den Mund aus und steht auf. Er gab ihr Geld und rennt hinaus. Sie schreit ihm nach *„encore, encore"*. Genauso schrie vor Jahren eine Frau durch die dünne Wand eines Hotelzimmers, an der er zitternd lauschte.

Die ganze Nacht streunte er herum. In den Cafés, *Chez Popoff* bei den ärgsten Gammlern, schlief mit den Clochards unter der Brücke auf zerknüllten Zeitungen.

Am Morgen kehrte er zurück zu Lena. Als sie voll Verachtung in der Tür stand, weinte er wie damals beim Anblick seiner Schwester. Nicht einmal die Würde ließ sie ihm.

Sie hatte genug, wollte ihn nur draußen haben, ihn nie wieder sehen. Begann, ihm alle Demütigungen mit Zinseszinsen zurückzuzahlen.

„Ja, ich habe dich geliebt, aber nie so richtig. Immer war etwas dazwischen. Nie konnte ich ganz glücklich sein. Und jetzt noch die Impotenz. Kein Geld, kein Beruf, kein Liebemachen, völlig nutzlos bist du. Du liebst niemand, kannst gar nicht lieben. Du haßt die Frauen. Vielleicht sollst du es mal mit Männern versuchen."

Wandte sich ab, als er sie küssen wollte, zum letzten Mal. Warf grußlos hinter ihm die Türe zu und sperrte ab.

Als er in der Metro saß, bemerkte er, daß er seinen Reisepaß vergessen hatte. Ein Zettel klebte an der Tür, sein Paß sei im

Bistro nebenan abzuholen. Kein Gruß. Jahrelang bewahrte er diesen Zettel auf. Bis er auch ihn samt den Briefen und Fotos all der Frauen eines Tags verbrannte.

In der Nacht noch irrte er zur Autoroute de Sud. Frankreich lag im weinseligen Taumel des Nationalfeiertags. Der Fahrer, der ihn mitnahm, fragte, warum er ausgerechnet heute traurig sei. Lud ihn zu sich ein, goß unentwegt Champagner nach. Zu Mitternacht warf er ihn hinaus, da seine Frau nicht aufhörte zu keifen.

In einem nahen Wald schlief er betrunken ein. Kühler Regen rann über sein Gesicht, darunter mischten sich die Tränen.

Und die Liebe ward zur Wunde, in der die Erinnerung mit Messern bohrte. Aus der Wunde ward ein Geschwür, hauchdünn bedeckt von einer dunkelblauen Narbe. Darunter schimmerten die Adern wie ertrunkne Wälder und bluteten beim Streicheln.

Du betrittst ein Land, von dem du nichts weißt.

Verhüllte Gestalten, die mit Grenzsoldaten tuscheln, sie mit großen Scheinen zu beschwören suchen. Bärtige Männer kauern an den Wänden, augenrollen jeden Fremden, grüßen oder beschimpfen ihn aus heiserer Kehle, winken oder verjagen ihn mit flacher Hand nach unten.

Davor ein zerlumptes Auto, das einzige in Sicht. Auch nach langem Handel erfährst du nicht den Preis, um den sie dich entführen. Auf staubigen Straßen über brache Felder, auf denen weißvermummte Vögel hocken, sich aufrichten und dir zuwinken, müde und gesichtslos. Verbrannte Erde überall und kahle Bäume.

So viele Esel. Darauf sitzen Männer in gestreiften Morgenmänteln, die am Strick einen Frauenschleier nachziehen. Dazwischen trippeln stolze Pferde mit buntem Sattelzaum und Schellenglöckchen an den Beinen. Ein bemalter Lastwagen, darauf wallende Gewänder, die zu einer dumpfen Trommel singen und dir todernst zujubeln.

Die ersten Häuser. Häuser? Erdhütten, deren Dach du greifen kannst, in den Türlöchern Kapuzengeister, die den Kopf erst drehen, wenn du längst vorbeigegangen. Damit du nicht bemerkst, wie sie dich hassen. Halbnackte Kinder bewerfen räudige Hunde, daß sie jaulend um die Ecke humpeln.

Blinde, die zum Himmel flehen, Lahme, die auf Brettern rollen, Stumme, die an ihrer Zunge kauen.

Menschen überall, Männer. Eine Gruppe, die den Weg versperrt. Du drängst dich vor, sie lassen dich nicht. Savonarola mit Kapuze dreht sich verärgert um. Erkennt deine Fremdheit, redet auf dich ein, ohne den Weg freizugeben.

In der Mitte hockt ein alter, weißbärtiger Mann in zerrissenen Gewändern über ein zerfetztes Buch gebeugt und murmelt. Plötzlich springt er auf, rennt mit erhobenen Händen im Kreis herum und schreit *„Wallahi"*, oder ähnliches am Ende einer Rezitation, die er immer höher, immer lauter auf die Männer bellt. Blickt entrückt seiner dürren Hand nach, die zum Himmel droht. Dann beruhigt er sich wieder, hockt sich vor einer Gruppe junger Alter und beschwört sie mit dunkler Grabesstimme. Zeichnet Mensch und Tier und Teufel, Städte, Berg und Täler in die Luft, während die anderen todernst jedes Wort von seinen zähnelosen Lippen saugen.

Weiter geht's durch enge Gassen, die sich alle gleichen. Der Straßenräuber mit den honigsüßen Hashishkuchen im versteckten Bauchladen verstellt zum wiederholten Male deinen Weg.

Halbnackte Männer, die sich blutig geißeln, wenn sie nächtens durch die Straßen tanzen, voran die große Trommel auf der Schulter.

Das Café an der alten Hafenmauer: Grellgeschminkte Tanzknaben mit dicken roten Gürteln, die beim Beckenschaukeln kreisen, während dumpfe Trommeln, helle Schellen und die Sägemusik aus dünnen Fiedeln über sie wie hungrige Hyänen fallen. Kleine böse Hashishaugen folgen der Verführung. Dann pfeifen sie, erst durch die Zähne, dann durch die Finger.

Homosexuelle und Drogensüchtige, die den Auswurf auf die Erde spucken.

Das Kinderbordell, in das dich Dan, ein älterer Amerikaner, einführt. Die Gehirne vollgepumpt mit Maxiton [schweres zentrales Aufputschmittel, im zweiten Weltkrieg zum Nachtflug der französischen Piloten entwickelt], darüber Hashish zur Beruhigung. Ein Gefühl, die Wände hochzuklettern.

Am Ende einer engen Sackgasse streichen feindselige Gestalten um ein versperrtes Tor. Dan betätigt dreimal den Türklopfer, eine Krallenhand aus Messing. Rechts an der Mauer klebt Fatimas blaue Hand gegen den bösen Blick. Eine Kinderhand.

Ein kleines Schiebefenster öffnet sich, und hinter einem Eisengitter glühen Augen auf. Dan spricht leise, und das Fenster schließt sich wieder. Nach langer Zeit öffnet sich vorsichtig die schwere Türe und ein verhangenes Gesicht erscheint. Seine Petroleumlampe führt durch einen finsteren Gang in einen matt beleuchteten Saal mit einem blumenreichen Teppich. Schwerer süßer Weihrauch gemischt mit Marihuana verwirrt die Sinne.

Auf den Bänken entlang der kahlen Wände sitzen Mädchen, überall Mädchen. Zehnjährige Kinder, wie sie draußen barfuß und mit bunten Röckchen durch die Gassen rennen. Nur die Gesichter sind anders: Grell geschminkte Lippen, Wangen wie chinesische Akrobatinnen, tiefe schwarze Augenränder. Das Haar zu dünnen Zöpfen geflochten oder hochgesteckt, manchmal auch ein Bubikopf.

Ihre kurzen Füße baumeln von den Schulbänken entlang der Mauer. Die Sohlen henna-rot gefärbt, wie auch die Hände und die Nägel.

Dan, der Torwart und du sind die einzigen Männer unter einem Dutzend Kindermädchen. Der Mann spricht mit heiserer Flüsterstimme auf Dan ein, zeigt auf diese und auf jene. Ruft sie auf, magische Namen: Mirjam, Fatmata, Khadija, Zohra. Sie rutschen von den Bänken, bleiben verschüchtert stehen und drehen sich, wenn aufgefordert. Dabei lächeln sie und klimpern mit den Augenlidern wie Puppen aus dem Spielzeugladen.

Ein Kindmädchen serviert, die anderen beobachten, ob du auch aus hocherhobener Kanne den Tee randvoll in die kleinen Gläser schießen kannst. Wenn du darübergießt, lachen sie.

Dan hatte schon eine ins Auge gefaßt und sie ihn. Eine henna-rote Sünde vom Scheitel bis zur Sohle. Er fragt dich, wie sie dir gefällt, du meinst, sie sei sehr schön, aber noch ein Kind. Der Araber will wissen, was du sagtest. Auch die Mädchen beugen sich vor und lauschen. Dann giggeln sie, zeigen auf dich und nicken. Eine springt auf, rennt hinaus und bringt dir einen Kuchen, der vor Honig trieft. Dabei sieht sie dich ganz ernsthaft an, bis sie vor Lachen birst. Die anderen stoßen sie zu dir hin, sie sträubt sich verlegen. Erst als der Mann mit knarrender Türstimme sie anspricht, setzt sie sich und blickt verschämt zu Boden. Die Tasse, die du ihr reichen willst, wehrt sie erschrocken ab, *„la, la, lalala"*, lallt sie.

Der gütige Vater Dan spricht dem anvertrauten Sohne Mut zu seiner ersten bezahlten Liebe zu. Die Kleine sei sehr lieb, gefiele auch ihm. Freut sich schon auf ihn, denn junge Männer kämen nie, hätten nicht das Geld dazu.

Dir wird heiß, heiß, willst hinaus, weg aus diesem Pfuhl, nur kannst du nicht. Darum siehst du sie dir verstohlen an. Sie sitzt mit gesenktem Blick vor dir. Wie heißt sie?

„*Leila* [Nacht].“ Gefärbte Fingernägel, beide Handrücken mit Ornamenten kunstvoll bemalt wie zu einer Hochzeit. Jede Nacht ein anderer Bräutigam, manchmal zwei, drei hintereinander. Jeder plündert sie, pumpt sie voll und läßt sie liegen. Eine Handlung, für die sie ein paar hundert Meter weiter am Blutacker gesteinigt würde.

So sie sitzt da, geduckt, und wartet wie ein Bettler auf den Münzenwurf. Kein Wort, kein Blick der Einladung. Nur ihr Körper, dargeboten auf dem Teppich für ein paar Silberlinge, die sie nie bekommt.

Als Dan mit seiner Braut hinausgeht, sieht sie auf, neugierig und leer. Der Mann bellt sie heiser an. Sie steht auf und winkt gehorsam mit dem Kopf zur Tür.

Führt dich in einen Hof mit einem Rundbalkon, dahinter schwach beleuchtete Zimmer. Die laue Luft geschwängert vom süßen Duft der Blumensträucher, die überall herunterhängen.

Über der geschwungenen Treppe am hinteren Ende des Balkons liegt ihr Puppenzimmer. Der Mann stellt die Petroleumlampe ab, gurgelt was von *Kif* [Marihuana], während sie dich ansieht. Du winkst ab, und er geht. Schließt ab und läßt dich seinen Tritten lauschen. Dann ist es still.

Ein Raum ohne Bett, die Matratze liegt auf dem Boden. Darüber ausgebreitet ein weicher Teppich mit bestickten Pölstern an der Wand, dahinter schwarzer Plüsch mit einer Moschee und Schriftzeichen. Ein niedrig runder Kupfertisch mit Plastikblumen, Glaskaraffe und zwei umgestülpten Gläsern. Ein Sessel mit Puppenkleidern vollbehangen. Eine Truhe für den Rest der Garderobe.

Ein Rascheln, und mit einem Ruck hat sie das Kleid kopfüber abgestreift. Sie hebt die Lampe an die Brüstlein und sieht dich an. Reibt mit Daumen und Zeigefinger aufmerksam die beiden Knospen, die mit Henna eingefärbt sind. Zur besseren Durchblutung, um die Warzen steif zu halten.

Dann stellt sie die Lampe hinter sich zu Boden. Durch

den hellen Unterrock schimmern dünne Schattenbeine, die in einen leeren Bogen münden in der Breite einer Kinderfaust.

Streift den Rock ab, läßt ihn auf die Füße fallen. Matt glänzt die große Unterhose, die lose an den Schenkelbeinen hängt. Sie steigt heraus, hält sie mit Daumen und Zeigefingerspitze seitlich in die Luft und legt sie dir mit dem Unterrock und Kleid zu Füßen als Zeichen ihrer Hingabe.

Dann stellt sie die Lampe vor sich hin, daß ihr Schein die Scham erhellt. Sie ist ganz glatt. Mit beiden Händen greift sie hinab und spreizt die Lippen ihres Kinderleibes. Sieht dich noch immer an. Kein Wort. Todesstille.

So bleich und nackt, im dunklen Zimmer mit dem Badeofen, der sein Flackern auf die Wände geistert. Der Griff nach deiner weißen Seidenhaut, die angepreßten Beine, als wir unser Anderssein entdeckten. Adelheid, meine erste Gespielin, tot herausgetragen aus den Bombentrümmern.

Du suchst die Frau, die du nicht kennst, obwohl du weißt, daß du sie nicht findest.

Trittst aus der Helle deiner Jugend, biegst um die Ecke in die Dunkelstraße, wo die Rikschas warten, aus deren Fetzendach einäugige Kulis mit Knochenarmen winken.

„Mister, like taxigirl?“

Du winkst lachend ab, er fährt dir nach, du schreist ihn an. Geduldig tritt er neben dir entlang, denn er riecht, was du suchst. Von seiner Ausdauer besiegt, steigst du ein. Er entführt dich in den Dschungel, der Treiber mit dem Jäger auf das fremde Wild.

Vor einem abgedunkelten Geheimnis bleibt er stehen. Weinrot leuchtet es aus allen Ritzen. Verabredetes Klopfzeichen, Stimmenwechsel durch das Tor, vorsichtiges Öffnen.

Ein Mann mit eingerauchten Schlitzaugen und zerlochtem Leibchen mustert dich kurz, dann führt er dich durch einen finstern Höllengang.

Das Paradies, in dem die schönsten Engel auf dich warten, die Feenwiese. Mädchen überall, jung und schön und fremdäugig.

Aufgereiht zum Gruppenfoto wie beim Schulabschluß. Immer neue drängen sich dazu, reihen sich ein, die frechen vorne.

„*OK, sir? are you happy*?" Der gedemütigte Rikschatreter triumphiert. Sooo viele Frauen für soo einen jungen Jungen.

„*Want some more girls?*" Ein älteres Mädchen, wahrscheinlich die Puffmutter, ist hinter dich getreten. „Ja, alles, alle, die es gibt." „*Why? It's all the same*", lächelt dich an und zeigt herum im Kreise: Der Klassenkasperl mit dem Ponyschweif vor Notdurft zappelt; das Flachgesicht gelangweilt auf die Pause wartet und am Klo die Unlust abreibt; die Dicke mit dem Rock, die dir das Essen kocht und auch abwäscht; die Lange mit den langen Haaren, die sie wie einen schweren Vorhang aus den müden Augen schiebt für einen Blick ins Leere; die Ältere, erfahren im Ausrangieren auf den Abstellgleisen, wie bitte? Egal, *its all the same.*

Die Eine ganz im Hintergrund, die nie vorne ist im Leben, ja, jetzt hat sie dich bemerkt, reckt sich heraus, hüpft, lächelt wehmütig, winkt wie die Gestrandete. Ja die muß es sein, die schlitzäugige Kameliendame.

„*Which one you like?*" Du drehst dich um und zeigst auf sie, die Puffmutter. Da giggeln sie im Chor. Sie wird verlegen. „*Oh no, not me. Me old, you like young girl.*" Du bestehst darauf, entweder sie oder keine. Da sie sich weigert, gehst du. Der Rikschamann, der Torwart fluchen drohend hinterher, die Mädchen rennen aus der Klasse.

Ein paar Bordelle später kehrst du zurück. Die Puffmutter ist noch auf, verschlingt gerade Reis mit etwas.

Junger Körper, weich und seidig. Krallt die Finger in deinen Rücken und wimmert leise. Dann jammert sie über Kopfweh und will gehen. *„I change you girl, young girl."* Geht und stößt die nächste rein. Ganz verschlafen ist der arme Rüsselkäfer mit den festen Brüsten, deren Warzen beim Umarmen stechen. Will nur weiterschlafen.

Am Morgen schwatzt sie eifrig in der Körpersprache. Ist böse, als die anderen sie rufen. Beim Frühstück triffst du den Rüsselkäfer, die Puffmutter, die halbe Mädchenklasse wieder. Alle wollen dir die Haare kämmen. Laden dich ein, jede Nacht mit einer anderen zu schlafen. Nur nicht mit der Mutter. Dann fragen sie, wer dir am liebsten wäre. Drängen den Ponyschweif an deine Seite, entblößen ihren Busen und giggeln.

Ein bärtiger Australier stolpert die Stiege runter. *„No, no, no"*, wehrt das Mädchen ab, das sich an ihn hängt, wirft einen Dollarknäuel auf den Boden und rennt ohne Gruß hinaus. Alle lachen.

Du lachst fröhlich mit und glaubst, daß sie dich alle lieben, die Puffmutter, der Rüsselkäfer, die lustigen Mädchen aus der Suriwongse School, alle Frauen dieser Welt.

‚*Je, soussigné, déclare, que* … ich, Unterzeichneter, erkläre, daß ich in der Nacht vom … in einer Rikscha spazierenfuhr mit einem Mädchen namens Van Phuong, vietnamesische Staatsbürgerin, als…' Die Polizeibeamten von Phnom Penh lachten, während ihm zum Weinen war. Alles gestohlen, sogar den Reisepaß. In einer Opiumhöhle.

Es dämmerte schon, als ihn eine Fahrrad-Rikscha an den Mekong fuhr, um an den Tempelstufen im Abendwind zu meditieren. Da näherte sich eine Rikscha, aus der ein Mädchen guckte. Abgekartetes Spiel, sie fuhren eine Zeitlang nebeneinander, dann blieben beide Rikschas stehen und sie wechselte hinüber. Sie trug eine schwarzglänzende

Chinesenhose, darüber eine weiße hochgeschlossene Bluse, an der Schulter hing ein kleines Täschchen. Sie knöpfte den Vorhang zu, so daß nur die Augen darübersahen. Es war eng, und sie legte seinen Arm um ihre Schulter, daß er ihre Brust erreichen konnte, wenn er wollte. Dabei lächelte sie schlitzäugig, sagte *„Moi taxi girl number one"*, und reckte stolz den Daumen.

Nach dem Essen besuchten sie einen Nachtclub, in dem Filippinos um die Wette spielten, und nahmen ihre Freundin, eine mondgesichtige Chinesin mit ins teuerste Hotel der Stadt. Der Krieg in Vietnam, die goldene Zeit des Schwarzmarkts, als man mit einer Handvoll Dollar alles und jeden kaufen konnte. Die beiden Mädchen gaben ihren Ausweis ab und gingen hinauf, während ihn der Portier beiseite rief. Flüsternd warnte er ihn, vorsichtig zu sein, die beiden seien dem Hotel als Diebinnen bekannt.

Es war seine erste Nacht mit zwei Frauen. Sie rauchten *Bhang* [ind. Marihuana], den die Chinesin gierig einzog, während die andere kicherte.

Er war nervös und beobachtete die Mädchen. Der Bhang kehrte die besorgte Miene des Portiers hervor. Am liebsten hätte er sie hinausgeworfen, aber seine Entschlußkraft war gelähmt. Auch war er neugierig, was sich abspielen würde. Die Chinesin war völlig eingeraucht und ihre Augen, schon vorher nicht gerade offen, nun vollends geschlossen. Sie schlüpfte umständlich aus dem engen Kleid, rollte zur Seite und richtete sich zum Schlafen. Als er begann, an ihr zu herumzufummeln, stieß sie ihn weg.

Die Kleine nebenan war da schon lebendiger und auch viel höflicher. Zog sich ganz aus, wobei sie die Verschämte spielte und ihre kleinen Brüste abdeckte.*„Petit mais number one"*, schloß den linken Daumen und Zeigefinger zu einem engen Ring, schleckte den rechten kleinen Finger ab und steckte ihn langsam, dann immer schneller durch. Dabei sah sie auf ihn wie eine Katze in die Sonne.

Staubtrocken war sie, zuviel Bhang geraucht, oder zuwenig. Schien sich auf etwas zu konzentrieren, das ihr schwerfiel.

Die Chinesin wollte sich beim ersten Sonnenstrahl davonstehlen, sah aber, daß er sie beobachtete. Steckte das Geldbündel ein, ohne es zu zählen, und verschwand grußloß.

Die Kleine war kaum zu wecken. Dann jedoch wollte sie trinken und essen, *oui*, gleich im Zimmer, *non*, er solle liegenbleiben, sie würde etwas kaufen.

Als er das Geld aus dem Lederbeutel holte, den er auch nachts an einem dünnen Riemen um den Hals gebunden in der Unterhose trug, sah sie aufmerksam zu. Wollte alle ausländischen Scheine sehen, wissen, wie ein Reisescheck einzulösen sei.

Nach langer Zeit kam sie zurück mit einem lauwarmen Getränk und hartem Gebäck. Und einem heißen Vorschlag: Er solle doch zu ihr ziehen. Sie lebe ganz alleine in einem Haus am Fluß in der Nähe der Pagode, in der er gestern meditieren wollte. Nannte eine lächerliche Summe für die Woche und fügte schnell hinzu, daß das Essen inbegriffen sei. Außerdem kenne sie viele Mädchen, die viel schöner und lieber als die Chinesin seien und ihn gern besuchen würden.

Das war der Trumpf. Ein Häuschen am Fluß mit einem Mädchen, abends in den Tempel, nachts die vielen Freundinnen, eine Woche Gauguin für nichts, wer kann dem widerstehen?

Der einzige Nachteil war sie. Um die Kleine auszuhalten, mußte er viel rauchen, *bhang* oder *afim* [Opium].

Als er sie danach fragte, überlegte sie kurz und rannte aus dem Zimmer. Nach einigen Minuten kam sie zurück, ja, sie wüßte ein Opiumhaus, gleich am Weg zu ihr.

Erst später fand er heraus, daß sie um jede Entscheidung den Rikschaboy am Hoteleingang befragte. Der war ihr

Loddel, ihr technischer Berater. Fuhr die beiden auch zum Opiumhaus.

In einer stillen Gasse hielten sie an. Der Boy sprach etwas zu der Kleinen und wartete am Eingang.

Das Tor war offen, im Gegensatz zu den Bordellen. Auch kein Wächter. Nichts Verbotenes, vielmehr das Wirtshaus um die Ecke. Nicht ganz.

Sie überquerten einen kleinen Innenhof und kamen in einen halbdunklen Raum, geschwängert vom süßen, schweren Duft des Opiums. Am Boden lagen Pritschen mit Matratzen und eine Kopfrolle nach Franzosenart. Neben jeder Pritsche stand eine Petroleumlampe, ein Spucknapf und auf einem kunstvoll geschnitzten Holzgestell die Opiumpfeife samt Zubehör: ein langes Rohr, das man in eine faustgroße Hohlkugel mit einem kleinen Loch steckt, ein am Ende abgeflachtes Stäbchen zum Verschmieren, und ein kleiner Fetzen zum Reinigen der Opiumreste.

Die Besucher lagen am Rücken, oder seitlich ausgestreckt wie Buddha, den Ellbogen auf die Polsterrolle gestützt, die andere Hand beschäftigt: Petroleumflamme höher drehen, Stäbchen in die teerartige Flüssigkeit tauchen, an der Flamme erhitzen, um das Loch der Kugelpfeife so zu schmieren, daß es nicht verstopft und dennoch nah ums Loch, daß es den Rauch hineinsaugt. Dann kippt man die Pfeife, so daß die Spitze der Petroleumflamme das Loch erreicht, nicht zuviel, nicht zuwenig, und saugt schnell, lang und tief. Ein dünner, blauer Rauch, anders als der Qualm der Hashishpfeifen. Noch ein-, zweimal kippen, flambieren, saugen. Dann zurücklegen und zur Decke träumen.

In allen Stellungen lagen sie herum, eine Mischung aus Nachtasyl und Lazarett. Einige sprachen leise mit dem Nachbarn, die meisten aber lagen still am Rücken. Unter den Augenlidern zuckten die Träume.

Manchmal wand sich ein grellgeschminktes Mädchen in schwarzem Seidenkleid mit hohem Seitenschlitz zwischen die Pritschen und weckte ihre Kunden mit duftendem Tee. Holt dich aus den Träumen, du schlägst die Augen auf und blickst in das Antlitz eines schönen Mädchens zärtlich über dich gebeugt. Nach dem Trinken sinkst du zurück und träumst von ihr. Manchmal massiert sie einen, dem von zuviel Opium die Glieder eingeschlafen waren. Ist das Fläschchen leer, bringt sie das nächste. Manche der Kunden verbringen zehn Stunden auf der Traumpritsche.

Im nächsten Raum gings nüchterner zu. Keine Matratzen, ein Holzscheit als Kopfpolster, keine Bedienung. Sonst aber dieselbe Zeremonie. Auch einige Frauen lagen herum.

Der dritte Raum, eine Rauchküche aus dem Mittelalter, bedeutete Endstation. Abgewrackte Männer, zahnlose Weiber stritten sich um die Töpfe, in denen sie die Pfeifen, Stäbchen und Lappen auskochen. Den Absud tranken sie.

Er wählte den mittleren Raum, legt sich neben einen alten Mann, der ihn in perfektem Französisch eingeladen hatte. Er bereitete auch die erste Pfeife auf, die ihn sofort in einen bodenlosen Alptraum stürzte.

Ihm war schlecht. Das Einzige, was das Erbrechen unterdrücken konnte, war, sich auf einen fixen Punkt zu konzentrieren. Doch gerade das gelang nicht. Ein Bild jagte das andere. Wollte er sich an einem Teppichmuster festhalten, rannten ihm die Zebraherden davon. Wollte er gelbe Wiesenblumen pflücken, überfielen ihn die grauen Ratten.

Bei den Gesichtern war es am schlimmsten: sie verzerrten sich in dem Augenblick, da er sie zu erkennen glaubte. Der Mund zerrann nach allen Seiten, die Stirn wuchs und schrumpfte, und die Augen, die Augen! Trotz der rasanten Abwechslung glühten zuletzt immer wieder aufgeschlitzte Teufelsaugen hinter blonden Frauenhaaren.

Da taucht durch seine Lider ein Plakat auf, das damals überall in der Stadt hing: *Coca Cola à Phnom Penh, comme à Paris,* dazu eine verführerische Colaflasche.

Er hatte plötzlich Durst, brennenden Durst, und rief nach der Kleinen, die sich draußen umtrieb. Sie beugt sich über ihn, er röchelt: „Coca Cola". Dann gibt er ihr den Lederbeutel.

Während er ihn überreichte, wußte er, daß er den Beutel, der all seinen Besitz enthielt, nie mehr wiedersehen würde. Aber er hatte nicht die Kraft, einige Scheine herauszusuchen. Er sank auf den Rücken, zu gelähmt, sie zurückzurufen.

Immer wieder kam sie angeflogen, beugte sich herab, und war verschwunden, sobald er die Augen öffnen wollte. Längst vergessene Frauen tauchten auf, zeigten auf ihn und lachten. Oder verspotteten ihn: „Siehst du, das hast du davon. Wärst du bei mir geblieben, wäre das alles nicht passiert." Sogar die federleichte Lena war zu schwer, als er sie vom Felsen heben wollte.

Es war, als zögen sie an seiner Bahre vorüber. Doch er war nur scheintot. Hörte, roch, sah alles, verstand sogar, was sie tuschelten: ‚... die Kleine, die ihn jetzt bestohlen, be-stoh-len hatte.' Er wollte auffahren, war jedoch gelähmt bis in die Fingerspitzen. Nach unendlich langer Zeit versuchte er mit aller Kraft, aufzustehen. Langsam, zuerst die Finger rühren, die rechte Hand, dann die linke heben. Als er sich endlich auflehnte, drehte sich alles.

Mühsam lüftete er die Augendeckel. Der Chinese lag noch da. Alles unverändert, der Schein der Grablampen, die dunklen Hügel mit dem schweren Veilchenduft, die Stille, nur unterbrochen von leisem Stakkatohüsteln, das von der Friedhofecke kam.

Das böse Erwachen. Wieviel Zeit war vergangen? Vielleicht war sie noch unterwegs oder schäkerte draußen mit dem Rikschaboy?

„Monsieur, Monsieur." „Oui", sprach's, ohne die Augen zu öffnen, ein frisch Aufgebahrter, der ins Leben zurückgerufen wird.

Als er ihm zungenlahm erklären wollte, was er selber nicht verstand, starrte der ihn glasig an. Dann sanken sie beide wieder zurück.

Als er das nächste Mal erwachte, war es schon dunkel. Oder täuschte das Opium? Der Nachbar war weg. Er versuchte aufzustehen. Unter großen Anstrengungen konnte er sitzen. Niemand da, nur die paar Leichen auf den Pritschen. Er wankte in den Hof, als ihn einer ansprach. Das Geld für das Opium, während er gierig den Daumen gegen Zeige- und Mittelfinger rieb. Als Bezahlung spie er ihm auf seine Füße.

Er konnte kaum gehen. Sank auf den ersten Flecken Gras. Nach einiger Zeit sah er durch den Lidspalt, daß sich um ihn Kinder sammelten. Mit der Zahl stieg auch ihre Frechheit, bis sie einen Kleinen auf ihn stießen. Der weinte, sie stoben schreiend davon. Dann kam ein Mann, fragte auf französisch, was ihm fehle. Er deutete auf die Magengrube, Übelkeit, Schlechtes gegessen. Der andere fragte, wo er wohne. Da kam ihm, daß er das Hotel gar nicht mehr bezahlen konnte. Auch nicht die Rikscha, die der Alte rief und deshalb auch bezahlte.

Er spie auf alles, was am Wege lag. Auf den verschwitzten Rücken des Rikschaboys, die Rezeption im Hotel, in jedem Stockwerk. Zimmertür auf, Ventilator an, Schlüssel zugedreht und er lag wieder. Die ganze Nacht. Am nächsten Morgen wankte er zur Polizei.

Übersiedelte in den Tempel, in dem er nun endlich meditieren konnte. Eigenes Zimmer mit Balkon und ein Erdloch als Klosett, über dem er täglich mehrmals duschte mit einer verzierten Messingschale aus dem hohem Wasserkrug mit eingebranntem Drachen. Er aß mit den Mönchen das, was sie von ihrem Morgenbettel heimbrachten: Fisch, Gemüse aller Art, Soßen, Reis, alles schmackhaft zubereitet von den Gläubigen. Zweimal am Tag, um sieben und um elf Uhr labten sich die Mönche.

Nach der schweißnassen Siesta rannte er in der Stadt herum, suchte die kleine *number one,* deren Namen er nicht kannte.

Dafür kannte ihn sonst jeder, *Mimi la Vietnamienne* mit ihrem einäugigen Rikschaboy. Als er ihre Hütte im armseligen Vietnamesenviertel gefunden hatte, war sie nicht mehr da.

Lag schon in einem Eisenkäfig im Gefängnis. Die grinsenden Beamten meinten, die einzige Chance, sein Geld je wiederzusehen, wäre, wenn er eine Nacht mit ihr im Käfig schliefe. Sie liebe ihn, meinte sie beim Verhör, auch wenn er Bhang rauche.

So verbrachte er eine Nacht im Käfig mit der Frau, die ihm alles gestohlen hatte, vielleicht auch seine Zukunft.

In Bombay leben die Prostituierten in Käfigen, winken den Passanten wie Affen durch die Stäbe, öffnen auf Wunsch das Gitter, ziehen den Vorhang zu, löschen die Petroleumlampe, da man sonst die Schattenspiele sähe. Nach zehn Minuten kommt er heraus, klopft sich ab, sie wischt sich mit einem stinkenden Handtuch aus, der nächste tritt ein.

Jetzt lag er selber drin und sah von draußen zu. Die ganze Nacht beteuerte sie, daß sie alles für ihn täte, wenn er sie nur herausbrächte. Sogar auf den Strich ginge sie für ihn.

Nur an das Geld käme sie nicht ran, das hätte der Rikschaboy. Und der war weg.

Als er in Nokundi aus dem Wasserzug geworfen wurde, weil er den schwulen Zugführer nicht wollte, und dann tagelang durch die Wüste von Belutschistan nach Sahedan wankte. Als er mit aufgelösten indischen Sandalen durch den Schneesturm von Makou zur türkischen Grenze stapfte, nachdem er den Perser in der Lastwagenkabine abgelehnt hatte. Als Nixons Weihnachtsbomben auf Kambodscha schneiten, da dachte er an sie, die kleine *number one.* Ihr Schädel von Pol Pots Wahnsinnsmeute zerschlagen wie die Colaflasche aus *Phnom Penh, comme à Paris.*

Ich suchte eine Seele, die mir glich und mich dennoch liebte.

Doch ich fand sie nicht. Wäre ich ihr begegnet, hätte ich sie nicht erkannt. Oder abgewiesen, oder zertreten.

Das Mädchen suchte ich, nicht die Frau. Die Kinderbeinige, die sich unsicher die Feenhaare aus dem erstaunten Antlitz wischt, wenn sie dich erblickt. Nicht die Selbstbewußte, die ihren frechen Busen im prallen Kinderwagenkorb zur Kassa schiebt.

Die Nymphe im Nebeltanz suchte ich, nicht die lehmgestampfte Venus. Unfertig die Schenkel und knetbar noch die weiße Hüfte. Die toten Flüsteraugen der Hingabe, nicht den schrillen Blick der Herrin.

Nicht die Gebärerin, die unfruchtbare Göttin suchte ich. Nicht die Mutterhände, sondern die Zärtlichkeit der Schwester. Die Wissende, nicht Besserwissende. Nicht die Beute der bequemen Yoni, sondern die Jagd der scheuen Murmel. Nicht den Schrei, der die Nacht entzweit, sondern das Schweigen, das die Ehrfurcht vor der Einsamkeit bezeugt. Nicht die Pflegeschwester für das Alter, sondern die Gespielin deiner Jugend.

Auch liebte ich die weißen Mädchen, die an lauen Abenden wie Engerlinge aus dem Eingang quollen, wenn ich schüchtern vor der Discohöhle stand. Ihr Kleid, eine durchsichtige Morgana, durchschimmert von der Yoni wie die Trübung im Kristall.

Die Mondgebadete, nicht das Rampenlicht der Moderatin. Nicht die Gardinenseligkeit, sondern die Verlorene im Sternenzelt.

Die Sanfte suchte ich, die Verzeihende, die nie verletzt, niemals verläßt. Auch den Augenblick des Staunens, wenn sie zur Wissenden erwacht.

Muß sie überall und immer suchen, blindwütiger Maulwurf, der nach der Sonne wühlt: in der Verkommenheit der Supermärkte, in der Metro und im Urwald, vom Dachgarten zur Tiefgarage, im Wald und auf der Weide, am Schilift und am Strand, in den Träumen und im Urlaub, in den Kirchen und Bordellen, in der Bank und auf den Bänken, im Büro und auf dem Bildschirm, auf der Party und am Friedhof.

Überall, nur nicht dort, wo ich sie treffen könnte.

Du kommst in eine Stadt, in der zehntausend Mädchen deiner harren. Jede kannst du haben entsprechend deiner Kaufkraft.

Lehnen in lichtscheuen Türen aufgereiht zur Massenhochzeit. Warten auf den Bänken an der Wand, knien vor dir am Boden und bedienen dich mit frisch geröstetem Kaffee, während sie mit den Augen zur Türe betteln. Ganze Stadtviertel. Die halbe Bevölkerung im Puff, die anderen zu deren Unterhalt. Tausende von Männern pilgern jede Nacht in ihre Tempelhütten: Kinder, Greise, Debile, Professoren, Ehemänner, Priester, Militär, Millionär, sogar die Bettler.

Lepröse, die gefühllos in die Yoni baisen. Blinde, die an Brüsten tasten und ein nie geschautes Traumbild küssen. Taube, die an Mündern saugen, deren Schrei wie Schweinegrunzen aus den Seelenschluchten hallt. Gelähmte, die nicht die Fliegen von den Eiterschwänzen scheuchen können. Stolze Afarmädchen, die im Staube kriechen, wenn der Judalöwe im Chevrolet vorübergleitet.

Samthäutige Puppe, die aus schrägen Augen rätselt. Wie sie den Mund verzerrt, wenn du eingekeilt in ihrem Leib verzuckst. Wie fremd sie deinen Scheitel streichelt und etwas lispelt, das du nie verstehen wirst. Weit und leer der Blick, nah und voll der Körper. Nur mehr Körper.

Draußen, auf den trostlosen Hügeln, im heißen Gebläse der Wüste, im Haus Rimbauds in Harar, zum Hirsebrei auf Palmenblättern, beim Schlafen auf den Bodenmatten, überall tauchen sie auf und schwinden. Jenes gottverregnete Bergdorf nach fünfzehn Stunden holpriger Busfahrt, der mürrische Dorfgendarm mit dem Gewehr. Kein Essen, nasses Elend überall. Ein frisch geräumter Stall als Zimmer.

Doch sieh, das Kindermädchen streichelt mit wiegenden Hüften und kreisendem Kopf das Stroh zum Bett. Solange, bis sie neben dir liegt, stinkend und nackt und schön wie der Mond, der durch die Ritzen lacht. Wanzen regnen vom Gebälk, eine ganze lange Nacht. Und im Morgengrauen kauert eine schwarze Kröte in der Tür und sieht dich an.

Rätselhafter Generator, der sich beim Reiben der Geschlechter noch nach tausend Malen auflädt. Perversionen, die sie aneinander kettet, Haßliebe als Symbiose, der Orgasmus Waffenpause im Geschlechterkampf. Treue, Pflichtgefühl, Vorsicht, Rücksicht, Nachsicht, Feigheit, Mitleid, Angst vor Einsamkeit.

Durch die vereisten Fenster sehen, wie die andern um den Christbaum tanzen. Die Erniedrigung, die sich der andere einbildet. Der Schock, wenn aus den verliebten Augen blanker Haß springt. Die Rache der Verachteten. Der Fluch verneinter Impotenz, den sie unters Bett warf. Die Revolte gegen das Absurde, ohne Glauben an die Hoffnung auf die Liebe den Tod und seine Auferstehung täglich durchzuleben und so die Kreuzigung hinauszuschieben.

Am Ende des Tunnels liegt kein Palast mit der Verwunschenen, kein Rosengarten von Honigmilch durchflossen. Vielmehr eine große staubige Stadt mit engen Lehmgassen, offenen Kanälen, aus denen Kinder trinken, verschlammten Rinnsalen, in die das Elend aus den Hütten rinnt.

Vor den Moscheen recken schwarze Leprahände ihre Stummel in den ewig blauen Himmel. Auf strohbedeckten Märkten waschen dicke Mamas erdige Karotten, bespritzen sie mit Dreckswasser, damit sie knackig in der Sonne glänzen. Vorbei an humpelnden Hunden, liebeswunden Katzen und zertretenen Igeln wälzen sich Männer mit wallenden Kleidern und Perlenschweiß auf stolzen Stirnen, schwatzen schwitzende Frauen mit Rückenbabies, zerlumpte Junge verkaufen Zigaretten aus dem Bauchladen und nackte Muskeltiere schieben mit Getreidesäcken auf den breiten Karren die Menge auseinander.

In das monotone Autohupen schrillt ein Polizist, springt todesmutig in die Straßenschlacht und reißt aus der zerbeulten Autoschlange einen Überführten. „*Voleur, voleur* [Dieb]" johlt die Menge und schlägt auf ihn, bis er im Straßenstaub verzuckt. Aus der zerfetzten Hose zerren sie die Beute im Werte eines warmen Bieres, während die Sonne in ihrem Blut ertrinkt.

Aus dem Dunkel springt ein Schatten. Ich bremse, sie steigt ein mit wehendem Parfum, haucht heiser „*bonsoir*", während sie die Silberstrümpfe hochblößt, daß sie wie Riesenwürmer aufglühen, bis hinauf, wo die nackte Haut hervorspringt. Silber auf schwarzem Samt.

Umkehren, nach Hause stürzen. Hinein ins Tor, das noch offen steht. Osman, der Wächter, kommt gerannt, mit ihm die Hunde, die jede Neue anbellen. Und jede Neue wiederholt beim Aussteigen, daß sie Angst vor Hunden habe. Alle spielen mit im täglichen Theater, auch die verwirrten Hunde, die Osman am Halsband faßt und schnuppern läßt, um sie das nächste Mal zu akzeptieren. Das nächste Mal, das es nicht gibt.

Hinein in den dunklen Garten Eden, zum Schwimmbecken, das durch die Palmen leuchtet. Umarmung, die immer irgendetwas hindert, Beklammern des sich straffenden Popos, abwechselnd weiches Busenwühlen, die ersten nassen Küsse. Aufstreifen der Seidenschenkel, hinunter und hinein in die unverschämte Scham, *„attend“,* sie muß aufs Klo. Aus dem Paradies vertrieben durch die Höllenhunde, die den Geruch des Fleisches schnuppern. Hineinrennen und neues Ausgreifen im Schutz der Vorhänge. Kurzes Bestaunen des Palastes, dann stracks auf's Bett auf sie geworfen, die Ebenarme biegen, drehen, bis sie weich und schmiegsam. Hautsack aufstechen und hineinbaisen, bis aus dem Zucken verdrehte Augenpaare keuchen.

Unter die Dusche, ab ins Gas, verseifen, Schaumgemälde auf der schwarzen Leinhaut. Zum Kühlschrank stürzen, mit Wein und Wasser Hochzeit feiern. Die Zimmer nackt durchstreifen, sie im Fauteuil gekauert und dich einsaugt.

Die schweißnassen Nächte des Glücks. Im Garten die Hunde, die in sich verhakt den Mond verlachen, bis sie vor Schmerzen auseinanderheulen. In der Sinnenpause den fernen Trommeln lauschen, zärtliches Aufstreicheln der samtenen Umarmung. *„oui, je t'aime et moi aussi“.* Satte, begierdelose Leere, die angstlos in die Finsternis blickt. So müßte das Nirvana sein.

Frühstück mit dem ahnungslosen Sohn, hinaus zum Schulbus in die Sonnenblende und zurück ins klimakühle Grab.

Um halb zwölf Uhr weg aus dem Büro, nachdem all die sinnlosen Projekte ungelesen von der Eingangs- in die Ausgangsbox geworfen.

Auf der Heimfahrt stehen sie schon Spalier, hüftendrehen, augenrollen, winken mit dem kleinen Finger. „Wohin solls gehen ?“ scheinheilige Frage, *à la maison,* natürlich meines. Hupen, Tor verschlossen, Osman ist beim Essen. Aus dem Auto springen, Tor aufreißen, Hundekläffen abdrängen, sie hineindrängen, vorbei am Hausboy, der uns mit Verachtung grüßt. Schneller Drink, in einer Stunde kommt Rafael aus der Schule.

Führe die noch Namenlose ins Nebenzimmer, sperre ab, sie schreit, sperre auf, beruhige sie mit Illustrierten.

Im Schlafzimmer liegt noch die Frau der letzten Nacht und wartet auf das Mittagsessen mit Rafael und anschließendem Siestabaischen, wie ausgemacht. Träumt vom Abflug aus dem Elend und der Tilgung aller Schulden.

Ich wecke sie mit einem Kuß, doch sie verstößt ihn, will nicht aufstehen. Dränge sie ins Bad, sie sperrt sich ein. Ziehe den Schlüssel zum Schlafzimmer ab, damit sie sich nicht auch darin einsperrt. Renne zum Kühlschrank, eisgekühltes Glas, Stück Eis, renne zu Bar. Schrei den Boy an. Der verharrt regungslos hinter seiner schadenfrohen Maske. Renne zur andern mit einem Glas Whisky, den sie nicht will, dafür ich mit einem Zug. Lüge „Niemand" auf die Frage, ob noch jemand im Haus sei. Beschwöre sie, sitzenzubleiben, gebe ihr den ersten Kuß. Sie versucht, mich zu umarmen, ich renne weg zur andern. Rufe sie aus dem Badezimmer. Endlich kommt sie heraus, geschminkt und duftend, und will baisen. Ich auch, aber nicht mit ihr. Ziehe den Badezimmerschlüssel ab und sage ihr gehetzt, sie müsse gehen, Besuch. Sie will nicht. Rufe den Boy zu Hilfe, der will auch nicht. Renne zur andern, „alles Ok?" Küßchen und sperre ab. Renne mit den drei Schlüsseln um einen neuen Whisky. Osman, der Routinier, führt die Verwirrte endlich hinaus, nachdem er lange auf sie eingeredet hatte. Beim Ausgang schreit sie vor Erleuchtung auf, läuft zurück und wirft sich wieder auf das Bett. Will sich einsperren, kann nicht. Osman redet wieder, verspricht ihr etwas, zerrt sie hinaus. Der Hausboy grinst ihr nach. Noch eine halbe Stunde bis zum Schulbus.

Auf der Veranda geht das Gezeter weiter. Sie beginnt zu weinen, während Osman beschwörend auf sie einmurmelt. Ich renne zum Geldschrank, schicke Osman einen fetten

Schein. Es wird stiller. Dann schleicht sie zögernd aus dem Tor, das klirrend zufällt.

Ich kehre zur Andern zurück. Noch zwanzig Minuten, bis Rafael kommt.

„C'est ta femme?" Nur keine Erklärungen, gleich anfallen mit der Gier nervöser Hunde, die, aufgewühlt von der verstreunten Nacht, die Blutspur riechen.

Rafaels Schulbus. Da er meist im Garten mit den Tieren spielt, bevor er das Haus betritt, habe ich noch drei, vier Minuten, ehe er sein helles „Papa" schreit. Leintuch überziehen und ab ins Gas, den Geruch verduschen. Schlüpfe in den dünnen Djellabiyah. Sie schnarcht schon, die Wieheißtsieeigentlich? Zimmer von außen versperren. Sohn umarmen.

Unschuldige Gespräche beim Essen, wie war die Schularbeit? Er geht zum Nachbar spielen, ich zurück zu ihr. Von innen absperren. Jede Berührung vermeiden, jede Bewegung, die sie aufwecken könnte. Sie grunzt zufrieden weiter.

Friedlich und still liegt das Haus, als ich vom Büro zurückkomme. Osman sitzt beim Wächter nebenan und erzählt ihm alles. Rafael ist mit den Nachbarkindern ausgeflogen. Der Boy nach Hause gegangen. Erschöpftes Hinsinken zum Whisky auf der Terrasse.

Dann schleiche ich ahnungsvoll zur Folterkammer: Sie sitzt angezogen am Bett und starrt ins Unheil. Dreht sich vom Kuß weg, zischt gefährlich wie die Schlange vor dem Angriff, murmelt etwas von *„c'est toi, la pute"* und weigert sich zu gehen. Die zweite Weigerung am selben Tag, wie wird das alles enden? Am Abend kommen Gäste. Bis dahin muß sie raus.

Renne zum Kühlschrank, bringe ihr Wasser, mir Whisky. Sie trinkt, ohne zu danken, was auf anhaltende Verstocktheit und geringe Bereitschaft zu verhandeln deutet.

Rafael klopft höflich an der Tür, „Papa, Besuch ist da". Ich gehe hinaus und sperre von außen ab. Sie bleibt still.

Bekannte kommen auf 'nen Drink. Bei jedem Schluck blicke ich zur Tür, hinter der das Ungeheuer schläft. Nachdem alle gegangen sind, öffne ich leise. Sie schläft eingerollt und träumt vom großen Coup.

Der Boy kommt, Osman kommt, Freunde Rafaels, die Gäste kommen. Das ganz normale Leben neben einem Monster.

Abendessen mit Wein und Plaudern, plötzlich kommt sie heraus, in ein Leintuch wie der schwarze Lazarus gewickelt. „*J' ai faim* [ich habe Hunger]", erklärt sie allen ihre wundersame Auferstehung. Alle lachen. Nur Rafael verkrümelt sich.

Sie fängt mit dem Manne neben ihr zu flirten an. Ich wittere die Lösung, ermuntere ihn, sie mitzunehmen. Müde winkt er ab, etwas Ähnliches wartet schon daheim. Ich versuche mit der Hoffnung des Verzweifelten, einen Fluchtweg auszuhecken: er soll tun als ob, sie abschleppen und dann irgendwo fallenlassen. Er willigt ein, doch als ich sie ausbezahlen will, sitzt sie wieder fest. Zuwenig, auch das Dreifache. Der Freund wittert Scherereien und geht.

Alle gehen, sie bleibt. Sitzt am Bettrand und starrt in den blanken Haß. Rafael geht zu Bett, fragt mich, wer sie sei. Dann schläft er ein, mehr vom Geräusch der Klimaanlage als von den Märchen, die ich über sie erzähle.

Gegen Mitternacht spiele ich den letzten Trumpf aus: Ab in die Disco. Winke mit einem neuen fetten Schein und einem besonders neckischen Unterhöschen. Sie überlegt: Hierbleiben mit dem Risiko einer unbezahlten Nacht, oder ab in die Disco, mit dem nächsten Mann dasselbe durchziehen?

Sie überlegt noch immer. Ist sichtlich gekränkt, haßt die Männer, die alles haben, aber ihr nichts geben. Dann steht sie endlich auf. Langsam kommt sie in Bewegung. Nur nicht aufhalten, hinaus, hinein ins Auto. Freundlich winkt sie Osman, der die Hunde hält.

Wählt ein Lokal, das ich nicht kenne, voll mit schwarzen Männern, keine Weißen. Riecht nach Keilerei. Sie rennt winkend durch den Eingang, die Neugier saugt auch mich hinein. Sie taucht unter, und die nächste schwimmt herbei, grünschillernd mit dünnen Flossen und einem Haifischmaul. *„Ça va?“* und wir lachen uns an. Augenrollen, Busenkugeln und die heiße Beckensprache. Manchmal kommt der alte Karpfen angesegelt und schreit: *„pute, pute“*. Wer, ich, du, die neue? Wir alle, und alle lachen über die gespielte Eifersucht.

Das Haifischbaby zappelt an der rostigen Harpune Richtung Auto, der Karpfen schwimmt uns nach und schreit ihr Ratschläge ins Ohr. Dann winkt sie nach und flegelt schon das nächste Auto an. Die für immer namenlos Gebliebene.

Und der Engel der Verlassenheit streifte mich zum letzten Mal. Er führte mich hinaus aus den tanzenden Städten über Täler und Gebirge, über die Meere in die Wüste. In der sanderstickten Stille hieß er mich dem Blute lauschen, das schmerzend in den Ohren schlug. Er begann zu lachen. Ein flaches Ziegenmeckern, das zu einem Grollen schwoll, während er auf meine Stirn das Dreieck klebte. Dann kroch er in den Boden und verschwand. Als ich erkannte, nie mehr zurückzufinden zu den Menschen, stieg ich ihm nach.

Auf Lastwägen rollt das lustige Laster heran. Quellen wie Engerlinge aus der Erde und erheben sich zu Engeln, so zahlreich, daß die Sonne dunkelt.

Täglich eine Frau, manchmal zwei, schätzungsweise sechzig pro Jahr, die im Schnitt eine Woche lang rotieren. Ein mittleres Unternehmen, dessen reibungsloser Ablauf gutes Management erfordert.

Trage ständig den Terminkalender in der Aktentasche,

vollgekritzelt mit Namen, Uhrzeit, Treffplätzen. Gebe auch den Mädchen einen Zettel mit den Daten und meinem Namen. Wenn sie lesen können, buchstabieren sie ihn zärtlich und lecken sich dabei mit ihren rosa Katzenzungen.

Aus Angst, jemand könnte den Kalender und damit den Schlüssel zu meinem Monsterleben finden, trage ich nur die Anfangsbuchstaben ihrer Vornamen, Uhrzeit und Ort des Treffpunkts zum entsprechenden Datum ein. Fa,19,GH etwa bedeutet: Fanta, 19 Uhr, vorm Grand Hotel. Bei Gleichnamigen oder Neuen schreibe ich manchmal zur Gedankenstütze besondere Merkmale auf: Stengelloser Apfelbusen, rotes Stirnband, schreit beim Orgasmus immer nach der Mutter, Rastahaar, steiler Goldzahn, blaulackierte Zehennägel, verschlingt zum Frühstück sieben Spiegeleier. In Stenografie. Jede ausgelebte Woche reiße ich aus dem Kalender, zerstückle sie, spüle sie hinunter oder werfe sie weg.

Niemals im Büro wegwerfen, denn der Diener durchstöbert den Papierkorb. Weiß, daß zerrissenes Papier etwas enthält, was nicht für die Außenwelt bestimmt ist. Legt mehr vor Langeweile als aus Neugier die Teile wie Puzzles zusammen. Das unzerrissene Papier verkauft er an die Marktfrauen, die in die grandiosesten Projekte, Konferenzberichte, Computertabellen und Strategien bis zum Jahr 2020 ihre gerösteten Erdnüsse oder *brochettes* einwickeln als Endverwertung aller Entwicklungshilfe.

Da ich keinen Orientierungssinn besitze, kritzle ich auf einen Schreibblock ständig Lagepläne ihrer Hinterhöfe in den verworrenen *quartiers,* aus denen ich sie holen soll. Mit Anhaltspunkten wie: beim großem Misthaufen vom Asphalt links ab, nach dem roten Autowrack rechts hinein, vorbei am herausgerissenen Eisengitter, durch das Mauerloch zur gelben Baracke Nummer 2, Zelle 4.

Meist sind sie nicht da. Die andern Nackten, die sich noch die letzte Nacht abwaschen, springen hilfsbereit ein.

Da viele nicht lesen können und auch kein geregeltes Leben kennen, sorgen sie für endlose *imprévus*. Anfangs leistete sich Osman den Spaß, sie herein zu lassen, wenn ich mit ihrer besten Freundin baiste. Bis er draufkam, daß dann er sie auseinander reißen mußte, wenn sie im Schlafzimmer rauften, daß die Kleiderfetzen flogen und sie sich zöpfeweis die Plastikhaare ausrissen.

Die meisten Mädchen besitzen keine Uhr; wozu auch, besser jemand fragen und dabei Kontakte knüpfen. So begann ich, an die fix Angestellten, die zweimal die Woche einen Monat mit mir schliefen, Uhren zu verteilen, die ich kofferweise aus Europa anschleppte.

Bald rannte die ganze Stadt mit meinen Uhren herum und ein reger Handel blühte wie mit den Russen nach dem Krieg. Uhr für Essen, Babypulver, Kinokarte, Kaugummi, Unterhose, wenn sie ihre wieder irgendwo vergessen hatte.

Als die Uhrenhändler an den Straßenecken mit Vergeltung drohten, begann ich, mich zu spezialisieren. Verschiedene Modelle zur Wahl nach ausgeklügelten Kriterien: Seriös Einfaches für die alten Zwanzigjährigen; Kalkulator-Uhren für Studentinnen, Lehrerinnen, Sekretärinnen und alle, die sich dafür ausgaben. Herzförmige für Serviererinnen; zuckerlrosa Glitzeruhren für die Einnachtkatzen. Zeigeruhren für die Ehefrauen. Popige für ganz junge süße Biester. Die riesigen, die so giftgrün aus der Disco leuchten, für die Luxushennen.

Bis alle Huren an den Uhren ihren Schätzwert kannten und auf offener Straße eifersüchtig um die Hurenonkeluhren rauften.

Die Auswahl der Geschenke mußte also noch viel bunter, die Preise individueller werden.

Her mit dem Popschmuck aus Europas Ramschläden: goldige Ringe für durchstochene, Silberklipse für durchrissene Ohrläppchen, gebündelte Plastikreifen für die Babyhände, für Pythonarme dicke Messingspangen. Glaskorallen für die Untertaucher, für die stramme Lady breite Ledergürtel mit Hufnägeln beschlagen, alles vom Pakistani in der Metro. Seidentücher, die man ins Haar oder um den Nabel bindet. Chinesische Schneewittchenmaschen, Plastikblumen aus Hawaii, phosphoreszierende Stirnbänder aus Thailand mit der Aufschrift ‚nichts dahinter'. Weißer Ramsch für schwarze Haut, der reinste Sklavenhandel.

Aber ein Bombenerfolg. Stürmten rudelweise in die Disco, wenn mein Auto draußen stand. Johlten von der andern Straßenseite, *„cadeau, cadeau"* brandete die Revolution der schwarzen Suffragetten vorm Büro. Versuchten das Gartengitter zu erstürmen, die Mauern zu erklettern, die Hunde zu vergiften, Osman zu verführen, alles, um den Plunder auzuplündern.

Somit war ich gezwungen, in den Kleiderhandel auszuweichen. Herzige Miniröckchen mit der Firmlingsmasche überm Bauch, ärmellose Leibchen, aus dem die Busen wie schwarze Riesenrogen kugeln, dazu gestickte Büstenhalter für die Mamas, rucksackweise Unterhöschen mit und ohne Spitzen, Knitterhosen oben bauschig für jede Form des Hinterns, dieses außergewöhnlichen Rassemerkmals.

Die Hinterseite Mama Afrikas! Von Hatschepsuts Fettsteiß über Zwillingszwetschken zum umgestülpten Abwaschbecken, die Hand im schwarzen Drahthaarwaschel überm Abfluß wühlt. Riesige Granatäpfel, die in den Händen explodieren, wenn sie ihre Zehenrücken steil nach oben gegen deine Zehenballen stemmt und du grunzend rauf- und runterschiebst.

Doch wehe, wenn sie losgelassen: Stundenlanger Massenwackel, daß die Trommelwirbel brechen und bei fünfunddreißig Schattengrad die Menschen von den Tanztribünen stürzen.

Die Sekretärin, die ihn haarscharf an der Schreibtischkante durch das Zimmer rollt und den Wasserball mit einer letzten Winke aus der Hüfte schupft, bevor sie lächelnd umdreht und ihn traumvergessen in der Türe stehen läßt, für dich.

Blanker Eros, wenn sie die Hüfte seitlich kippt, den knöchellangen Rock aufschürzt und mit spitzen Stöckeln auf den Gehsteig wippt.

Auch die Brüste könnten ein Museum füllen: zwischen der Hölle ausgedörrten Kautabaks und leeren Wasserschläuchen achtlos über die Schulter geworfen, und dem Himmel sonngereifter Paradiesäpfel hängt eine Welt von überreifen Birnen, Kiwifrüchten, Zitronen, Äpfel mit Stengel oder Putz, und die frischen Maulwurfshügel, an die man die Ohren pressen und dem dumpfen Puls der Mutter Erde lauschen kann.

Doch zurück zum Einkaufsrummel. Plötzlich wollten alle Schuhe. Verständlich, da die armen Kleinen ganz auf eigenen Füßen standen, allzu sorglos mit ihren Beinen umgingen, jede Nacht durchtanzten, ständig Geld und Männern nachrannten. „Das kitzelt" wiehern sie, wenn ich ihren nackten Fuß abzeichne, und schlecken sich die violetten Lippen mit den rosa Katzenzungen.

Fünftausend Kilometer weiter betrachtet die adrett gekleidete Verkäuferin die Zeichnung. Wendet sie, liest den fremd klingenden Namen auf der Hinterseite und blickt verwundert auf. „Für ihre Frau?" „Neinein, eine Bekannte". Dann das nächste Blatt, und das nächste. „Die billigsten jabitte, neindanke ohne Schachtel. Alles in einen Sack, aber vielleicht die Paare zusammenbinden."

Dann kam die Elektrowelle. Walkman, kleines Radio, Kassettenradio für besonders Verdienstvolle. Dazu noch kleine Zusatzboxen, die von den Ziegeln brüllen, bis die Batterien leer sind. Ka Geld, ka Musi, das Problem der laufenden Kosten in der Entwicklungshilfe.

Alles Billigramsch, Quantität statt Qualität wie bei den Frauen.

Zollfreie Japaner und Koreaner kurz vorm Abflug dutzendweise in das übervolle Handgepäck gestopft.

Für die *number ones* gab's ein komplettes Weihnachtspäckchen: Walkman, Radio-Kassettenspieler, Kopfhörer, Zusatzlautsprecher, Netzanschlüsse, eine Packung Batterien. Natürlich nur bei Hüttenstrom mit Stecker zum Ventilator, der nur auf einer Stufe läuft, sich nicht mehr dreht und mächtig auf die nackten Leiber bläst. Darum sind sie immer so verschnupft, die armen Häschen, und das Näschen, dessen gerötetes Innenleben sie dir mitleidheischend zeigen, wird noch dicker. Ständig suchen sie das Taschentuch, aus dem sie mehrmals täglich Rotz, Tränen, Spermien, Vaginalsekret und Menstruationsblut waschen. Dann hängen sie's überall zum Trocknen auf, am Waschbeckenrand, auf der Dusche, übers Bidet gespannt, am Bettgestell, über der Sessellehne. Oder sie werfen's unters Bett, zusammen mit der eingerollten Unterhose.

Da sie natürlich Musik und Ventilator gleichzeitig spielen wollen, schleppe ich auch noch die Stecker an und montiere sie.

Der größte Renner waren Fotos. Von mir, von Rafael, meiner Frau, bis zu meiner schönen Großmutter. Rissen ohne meine Zustimmung die Fotos aus dem Album, das noch meine Mutter beschriftet hatte. Dann kamen die Paßfotos. Stundenlang blockierte ich Europas Bahnhofsautomaten, mit und ohne Brille, Krawatte oder Ausschlaghemd, saloppe Jacke oder Anzug, tiefer Hut, schiefe Kappe, kunstvoll zersaust und naßfrisiert, lächelnd, ernst, frontal und von der schönsten Seite, mit und ohne rote Pupillen, Augen aufgerissen oder geschlossen.

Dann kamen ihre Fotos an die Reihe. Volle Montur mit Blitz oder Stativ, um ihre dunklen Gesichter aufzuhellen gegen die weiße Gartenmauer, an die ich sie zum Schießen stellte, bis sie das Blinzeln in die Sonne nicht mehr aushielten. Zur Erholung in den Palmenschatten mit und ohne Drink, davor, dahinter, ihr Zähnelachen aus den Blättern fletscht. Am liebsten in den Posen, die sie den Zeitschriften abschauten: ans Auto gelehnt, den Plattenspieler streicheln, am Polstersofa räkeln, verträumt in die Bananenstauden greifen, am Rand des Swimming-pools auf rotem Handtuch und mit weißer Rüschenhaube und immer in einem andern Badeanzug.

Die Badeanzüge! Nachdem sie kofferweise verschenkt oder gestohlen waren, versperrte ich die letzten vier Modelle, zwei Bikinis und zwei Einteiler, je einen für die großen Dünnen und die kleinen Dicken. Holte sie nur zum Fotografieren hervor, wie das Lammfell für die Nachkriegsbabies. Bis in der ganzen Stadt die Fotonixen mit den vier Modellen auflagen und mich die Schneider baten, ihnen das Original zu leihen und die Elastikstoffe dazu.

Die Schönsten verewigte Nikkon-San auf Diapositiven. Gestellte Aufnahmen, Stativ, ausgeleuchtet wie im Studio. Zu Hunderten im, auf, vor, hinter und unter dem Bett, dem Einzigen, das gleichblieb. Im Urlaub von den blonden Labormädchen entwickelt, wartete ich ganz gierig auf die Postsendung, da ich mir das spöttische Lächeln der Verkäuferin ersparen wollte. Die schönsten drei von jeder behielt ich fürs Archiv. Den Rest verschenkte ich an die Kraushaarpuppen. Wenn ich sie noch traf. Ansonsten ihrer Freundin, oder irgendeiner. Oder schloß sie ein, vor Rafael.

Den meisten ging's zu langsam, auch vertrauten sie mir nicht. So begann das Zeitalter der Polaroide. Wiederum schleppte ich säckeweise die teuren Filme an. Die meisten wollten sich gleich in Serie abgebildet haben, bis die Schatulle leer war. Wenn ich mich weigerte, spielten sie stundenlang beleidigt und drohten mir mit Nachsitzen.

Nackt ließen sie sich ungern knipsen. Weniger aus Scham, sondern aus Angst, ihrer Fruchtbarkeit beraubt zu werden. Der böse Linsenblick. Andere wiederum wollten nur Nacktfotos, um ihre Kunden aufzugeilen. Zeigten sie dann überall herum, und jeder wußte, aus welchem Studio sie stammten.

Ich suchte eine Frau, die nicht viel kostet und mich dennoch liebt. Doch ich fand sie nicht.

Alle sind sie gleich, wenn sie vor dem Mammon knien, und alle sind sie Huren. Die es nicht sind, können es nicht sein. Die es sind, streiten es entrüstet ab. Die es sein wollen, verheimlichen es. Die es nicht sein wollen, wissen nicht warum. Der Unterschied liegt nur im Preis und den Scherereien.

Jede hat ihren Preis, wenn schon nicht in barer Münze, dann mit Geduld. Die Geduld, sie auszuhalten.

Was als harmlose Greißlerwarze begann, wuchs zu einen monströsen Bazartumor aus. Anfangs halfen mir beim Einkauf noch die weißen Freundinnen, erregt von der Vorstellung der bunten Spitzenhöschen, Lippenstifte und Popschmuck auf der schwarzen Seidenhaut. Bis auch sie nur mehr die infantile Ausgeburt des alten Wüstlings darin sahen.

So wühlte ich mich ganz alleine und verbissen durch den Schlußverkauf, den Ramsch vom letzten Sommer.

TATI, Paris. Wie ausgehungerte Clochards stöbern Frauen aller Rassen, jeden Alters in den Riesenkörben, die am Gehsteig vor dem Eingang stehen. Unterhöschen, Büstenhalter, Hosenstrümpfe, Ruderleibchen mit den Größenummern, die sie nicht verstehen.

Drinnen dampft die Hölle. Nackte Aggression in Säuselmusik ertränkt, alle Zukurzgekommenen dieser Erde raufen sich um eine Unterhose. Einkaufskörbe gibt es nicht, alle längst gestohlen – oder wollen sie dich zwingen, eine der Taschen zu kaufen, die sich gleich am Eingang türmen? Die Schwüle aus der Metro, Schweißgeruch der Vorstadt, Toilettenwasser statt der Seife. Ich als einziger Mann unter Hunderten von Furien.

Sturm der Barrikaden um die Spitzenhöschen, Mauerpresche zu den Unterleibchen, hineingedrängt und wieder ausgeworfen von der Schlange vor dem Schminkzeug. Beim Rückzug erhasche ich zwei Ledergürtel, Silberseidenstrümpfe und Bikinis in der Größe klein und mittel.

Zurück zum Eingang, von vorne beginnen, diesmal mit System. Rechts die Tische, links die Körbe. Sich versonnen in die jungen schwarzen Mädchenherzen einfühlen und nicht erröten, wenn du plötzlich eine Handvoll Unterhöschen grapscht und alle kichern. Immer die hochfliegenden Mädchenträume den tiefsten Preisen angleichen. Dreitausend Franc für ein Jahr Mädchenplunder, nicht mehr.

Gelächter der ordinären Angestellten – alle mit demselben Ramsch behangen, fünftausend Kilometer weiter würden auch sie im Terminkalender stehen – , als ich vor ihnen meine Schätze türmte: ein zerknüllter Haufen heißer Unterhöschen, bedruckter Leibchen, Büstenhalter, die sie alle zählen müssen. Rucksackbär, rote Tasche, grüne, blaue, rote Schuhe. Lippenstifte, Augenbrauen, Achselhöhlen, Liderschatten. Billiges Parfumwasser in Plastikflaschen, Nagellacke, die in allen Farben glitzern, Hals-Nasen-Ohrenringe aus imitiertem Silber, Gold, Platin und Edelsteinen. Wangenrouge mit aufgeklebten Herzchen, Schminkschatullen, Spieglein für die Bretterwand, Glitzerkämme. Kurzum alles, was aus einer prallen Mädchentasche quillt.

„C'est tout, Monsieur?" Dabei lacht sie frech und zeigt dem Mädchen nebenan den Plunder. „Vielleicht kauft er für Madame Marcos ein", als sie den Haufen Schuhe sahen.

Abends im Hotel, wenn Rafael tief schläft, wird alles leise ausgepackt. Preise abgerissen, säuberlich geordnet und verstaut in Plastiksäcke. Die schweren Sachen kommen in das Handgepäck.

Mutter, deine Plastiksäcke. Überall verstautest du sie, im Nachtkästchen, unterm Kopfpolster, unter der Matratze am Fußende und unterm Drahteinsatz des Betts gehängt. Bei den Bettnachbarn, am Stationsklosett ganz oben hinter der Spülung, in der Küche hinterm Brotschrank. Schlossest Freundschaft mit den Widerwärtigsten, nur um der Aufbewahrung deiner Plastiksäcke willen, die dir alle stehlen wollten. Fülltest sie mit Butterbroten, die du dir vom Mund abspartest, Dreieckskäse, Zeitungsausschnitten über die heilige Theresia von Konnersreuth, und Schokolade, die du von den Besuchern erbetteltest. Für Christus, Deinen vielgeliebten Sohn.

Flughafen Charly, Abflugschalter Air Afrique. Dicke Mamas, müde Papas, aufgedonnerte Töchter, gummikauende Söhne, Kinder wie Erwachsene gekleidet, stillende, schreiende, auch schlafende Babies im Arm und auf dem Rücken. Stolpern über fest verschnürte Schachteln, geplatzte Plastikkoffer, Plastiksäcke mit den Aufschriften der großen Warenhäuser – darunter auch TATI. Sitzen auf prallen Jutesäcken und bewegen sich im Rhythmus des geheimnisvollen Féticheurs, den ihnen in die Ohren plärrt. Darum auch *absolument rien* verstehen, wenn die Hostessen Geld fürs Übergepäck verlangen.

Beim Abflugsatelliten geht das Gerangel weiter, noch immer zuviel Handgepäck. Das aber lassen sie sich lachend abnehmen, da sie jetzt nicht mehr bezahlen müssen.

Alles kommt zu spät, die VIP's in wallenden Gewändern,

das Gepäck, der Abflug. Nur das Rauchverbot verschwindet schon zehn Sekunden nach dem Abflug. Das Essen ist zu kalt, der Weißwein ist zu warm, kein Champagner, keine Zeitung. Doch die Hostessen lächeln charmant und wiegen ihren Wertesten durch die Gänge wie am Laufsteg. Beim Überflug der großen Wüste, die zwei Welten trennt, zerfällt die eine. Wie von Teufelshand sind nach einer Viertelstunde alle Toiletten überschwemmt, verschmutzt, alle verpackten Seifen und Parfumfläschchen verschwunden. Die Musikkanäle eingeschränkt auf Afro-Sound, der aber in voller Plärre. Der Film reißt dauernd, bis sie aufgeben. Nichts funktioniert, doch alle lachen, schwatzen fröhlich, freuen sich auf ihre Osterhäschen. Lebenslange Freundschaften entstehen, Liaisonen, zart wie Seemannsknoten, werden im Handumdrehen geknüpft.

Der Anflug auf die fremde Heimat. Unter uns die ersten Dörfer mit den runden Hütten um den Dorfplatz oder Tanzplatz oder Dreschplatz. Rafael ist traurig, freut sich höchstens auf den Wächter und die Tiere. Ich kann es kaum erwarten, wieder ins Schwarze zu baisen.

Zweiunddreißig Grad um zehn Uhr nachts, die Hitzewelle wirft uns von der Gangway. Der Flughafen ein verrotteter Hangar, die zertrümmerte Auslage eines ausverkauften Kontinents.

„*Patron, c'est moi le bagage.*" Zerlumpte Kulis balgen um die Koffer, die sie infolge Stromausfalls über das Rollband zerren.

Schon winkt der Chauffeur aus dem Gedränge in der Wartehalle. Meist passiere ich anstandslos den Zoll. Doch diesmal läßt man die Koffer öffnen.

„*Vous êtes commerçant?*" und winkt die Kollegen herbei. Die staunen, lachen neidisch, wollen alles für ihre Mätressen konfiszieren. Der Chauffeur grinst, morgen weiß es jeder im Büro, übermorgen die ganze Stadt.

Der Zollbeamte, ein Urwaldriese mit der verschlagenen Schlägermiene eines Dschungelkriegers, reißt alles auf, leert die Säcke aus, wirft alles säuberlich Geordnete auf einen Haufen, grapscht sich einen Armreif, hängt ihn an sein Fleischohr, dann an die Boxernase und schreit *„esclave"*.

Die Träger lassen alles fallen, rennen herbei und lachen aus vollen Lumpen. Die dahinter Wartenden schimpfen, drängen sich durch und streifen im Vorübergehen noch ein Höschen ein. Der Flughafen scheint plötzlich um ein paar Unterhosen zu rotieren.

Am tiefsten Punkt meiner Erniedrigung, die Rache am weißen Mann vollzogen, bricht der Waldkerl mit grandioser Dirigentengeste das Konzert ab und winkt verächtlich dem Chauffeur, den nunmehr wertlosen Plunder in die Koffer zurückzuwerfen.

Damals begann mich Rafael zu hassen.

Als ich jung war, sehnte ich mich oft jahrelang nach einem Frauenkörper.

„Et voilá, jetzt hast du zwei, du hast Glück", sagt die zur Rechten mit dem schönen Körper und dem häßlichen Gesicht zur Linken mit den umgekehrten Attributen. Hebt den Fuß der andern und sieht zu, wie sich die Yoni spannt. Greift hinein oder schleckt an dem Sekretgemisch. Meist sitzt sie daneben, raucht gierig Hashish, schaukelt sich zum Walkman und beobachtet, wie die Gesichter im Orgasmus zucken. Neugierig wie eine Kirchenmaus, wie sich andere bewegen, was sie anstachelt, was sie sich zukeuchen und warum. Umklammert den Popo mit spitzen Nägeln und schiebt nach. Fragt die andere in ihrer Sprache, was sie gerade fühle. Lacht leise, wenn sie wohlig grunzt. Peitscht sie an zum Endspurt, setzt ihr mitten im Geracker die Kopfhörer auf, bis diese lachend aufgibt. Am nächsten Morgen raufen sie sich um die Scheine.

Binta mit dem Doppelkopf. Eigenwillig, drogensüchtig, ganz alleine in der Welt der alten Männer, jungen Huren und Banditen. Redet nichts, beobachtet nur, wie eigenartig diese Tiergesichter aussehen, wenn sie sich nicht mehr belügen können.

Baisen zu dritt, eingeraucht und Kokain geschnupft, eine tödliche Vergiftung.

Eine neue Werteskala baute sich auf. Städte, ganze Länder wurden umgepunktet nach der Schönheit, Verfügbarkeit und Hingabe der Mädchen sowie Zahl und Bestückung ihrer Nachtclubs.

Da ich niemand fragen konnte, war ich auf Gerüchte, spärliche Notizen in den Reiseführern, Rubrik Nachtleben, und Empfehlungen ähnlich Gesinnter angewiesen. Trotzdem mußte ich an Ort und Stelle selber alles auskundschaften, Stadt für Stadt, Nacht für schlaflose Nacht.

Die Blickdiagnose beim Betreten eines Hotels, welcher Preis von Mädchen vor dem Eingang und an der Hotelbar herumstrich, die Toleranzschwelle der Rezeption für Damenbesuch. Wählte mit Vorliebe Bungalows oder die Zimmer an der Hinterseite mit separatem Eingang. Komfort, warmes Wasser, saubere Betten oder funktionierende Klimaanlagen waren eher nebensächlich.

Ideal sind die Hotels im Stadtzentrum, die noch aus der guten alten Kolonialzeit stammen. Der fette, allzeit fluchende weiße Gockel inmitten seiner schwarzen Küken, die überall herumstolzieren und die Brosamen der Gäste picken. Den Männern an der Bar erklärt er, daß er schon wisse, was diesem Lande fehle, nur fragt ihn niemand mehr darum. Dabei klatscht er der Nächsten auf den Fettsteiß, kneift ihr in den Busen und gibt dem Fohlen Flankensporen, daß es aufwiehernd davonstiebt. Die schwarzen Hengste nicken dazu traurig, „*c'est vrai,* recht hat er". Außerdem konnte man bei den niedrigen Hotelpreisen die Hälfte des Tagessatzes einsparen, was wiederum den Mädchen zufloß.

Im Gegensatz zu den andern Konsulenten, die trachteten, die Feiertage bei ihrer Familie zu verbringen anstatt untätig im Hotel herumzulungern – schwarze Mädchen waren für sie tabu, unrein – bevorzugte ich in meinen Reiseplänen die Wochenenden, da dann die Nachtclubs bumsvoll waren und man länger in den Morgen baisen konnte.

Andere besorgten sich ein Auto mit Chauffeur auf Firmenkosten, ich nahm das lokale Taxi, das mir gleich die Bars aufzählte und die Ambiance dazu.

Während die Experten den halben Tagessatz im besten Abendrestaurant der Stadt verspeisten und dabei die Strategie zur nächsten Hungerkatastrophe entwarfen, verkroch ich mich aufs Zimmer, arbeitete bis spät an den Projektpapieren und schlich um Mitternacht hinaus. Mit dem Taxi oder zu Fuß spürte ich die Gazellen in den Discos auf oder fing die Rehe, die vorm Hotel auf Fütterung warteten. Manche zeigten ihren nackten Busen gleich zum Hotelfenster hinauf und mußten nur heraufgewunken werden.

Während die anderen mit Kreditkarten zahlten und sich damit das stundenlange Warten auf der Bank ersparten, mußte ich ständig Bargeld besorgen, Bündel kleiner Banknoten, die ich dann großzügig verteilte: an die Nachtwächter, Portiere, Zimmerfrauen, Wäscherinnen, wenn die Mädchen bluteten, fürs Taxi, und natürlich an die Mädchen.

Wenn die Luft zu dick und die Mädchen zu gefährlich wurden, flog ich ab. Waren die Discos interessant, schob ich in den Projektbericht die Notwendigkeit für einen *follow-up*.

Wie bei allem Schönen nahte auch der Abschied, das Ende der Affären. Das letzte Unterhöschen längst verschenkt, Hausrat verteilt, Boot und Auto verschleudert. Unter der

Packer Zauberhände verschwand die pompöse Einrichtung der Villa in Hunderten von Schachteln, die, in große Kartons gepackt und wiederum in großen Kisten verstaut, schließlich in einen Container eingeschlossen wurden. Alles verschluckten sie, die Bücher von Lautréamont bis Yasunari Kawabata, die Musik der Kathedralen, den Gesang der Ostkirche, in dem ich meine Seele wusch, wenn ich aus der hechelnden Umarmung zum Kühlschrank taumelte. Oder wenn ich nackt im Fauteuil saß, den Fischgeruch einatmete und befreit von der Fleischeslast zurückfloh in die steingepflasterten Gassen, an deren Ende die Kathedrale in den tizianblauen Abendhimmel wuchs.

Die Luxusvilla in einen Kral verwandelt. Zuerst verschwanden die Maschinen: Kühlschrank, Kühltruhe, Waschmaschine, Kochherd, Küchenmaschinen. Ein Haremsreich für einen kalten Drink. Der Boy wusch haßerfüllt die Wäsche im Kübel wie seine Frau zuhause, und kochte über einem Kranz von angerußten Steinen auf den Holzkohlen, die ihm beim Fächern in die Augen stieben.

Dann rissen sie die Klimageräte aus den Wänden, daß die Hunde durch die Mauer fletschten. Die Zeit der stillen, heißen Nächte und der schweißnassen Moskito. Verbannt waren die Mädchen, die im Orgasmus schrien. Osman trieb's in der Garage, die nicht aus dem Kichern kam.

Eine friedliche Zeit. Ohne Auto rollten keine neuen Mädchen an. Die Kaufkraft in den Discos sank ins Bodenlose.

Die Letzte, frisch aus der Schule in die Disco in das Bett, riß das penetrante Hupen der Botschaftslimousine aus den Armen.

Im Rückspiegel sah ich noch, wie sie das Riesenbett verschleppten mitsamt den nackten Frauenleichen, die zuhauf darüberhingen.

Am Flughafen wiegten sich die letzten *nanas* zur Musik, unter den Weißen herrschte Ferienstimmung und bei den

Schwarzen Abflug aus dem Elend. Die schwarzweiße Elite flog geschlossen nach Europa, das Land atmete auf.

Ein letzter Blick auf die zerbaiste Mondlandschaft mit ausgebombten Mösenkratern, flachgesaugten Busenhügeln und zerfranstem Buschhaar.

Da wußte ich, daß alles aus war, vom Wahnsinn nur eingerahmte Dias übrigblieben, tiefgefroren bis zur Auferstehung.

Europa Addio

Im Jahre 1891, kurz vor seinem Tod, reiste Rimbaud von Abessinien nach Europa auf der Suche nach einer Frau.

So viele weiße Gesichter. Ihr Anblick ein Umblättern in oftgelesenen Büchern, jeder Zug eine vertraute Phrase, die Köpfe eine bekannte Partitur. Anders als die rätselhafte Galerie der schwarzen Masken, die für immer fremd bleibt.

So viele Gesten, die nach dem Leben statt dem Überleben greifen.

So viele weiße Mädchen mit Blütenrock und Wurzelhaar, die plötzlich aus dem Schatten enger Gassen treten.

Einige erkannte er auch noch nach all den Jahren. Madeleine mit den roten Haaren, Roswitha mit dem kurzen Röckchen und den Kinderbeinen, Christa mit dem Glockenhaar, Marianne mit dem breiten Lächeln. Er grüßte sie, doch sie übersahen ihn. Er lief ihnen nach, rief vergeblich ihren Namen, klopfte sie an die Schulter. Entsetzt wich er vor ihrem abweisenden Blick zurück. Da wurde ihm bewußt, daß seine Erinnerung vor zwanzig Jahren stehen geblieben war. Ein abgelegter Film, der nach Jahrzehnten plötzlich aus dem Fixierbad tauchte.

Für wen waren all die Mädchen, die voll heller Sehnsucht in die dunklen Spiegel ihrer Auslagenträume blickten? Für wen tanzte dieses Straßenballett, wem winkten die Schulmädchen nach allen Seiten?

Allen, nur nicht ihm. Erkennen im Rattenfänger, dem sie einst scharenweise nachliefen, nur den ungeliebten Vater. Meiden seine Blicke und schenken ihre Gunst den Männern, die sie von den Plakatwänden herab verhöhnen.

Her mit den einsamen Frauen, Inseratenlesern, Erlebnishungrigen, Torschlußpanikern, Enttäuschten, die noch immer auf den Osterhasen warten. Da er ihre Tummelplätze verabscheute, warf er das Annoncennetz aus:

Männlich, 43/1,80, Kosmopolit, interessantes Leben, situiert, sucht romantisches Mädchen/Frau bis 35 …

Über dieses Inserat grübelte er zwei Tage. Verwarf dutzend Male das, was er wirklich sagen wollte.

Männlich war wohl das Wichtigste. *43* Jahre auch noch für Jüngere annehmbar, *1,80* weckte den Traum vom feschen Mann, *Kosmopolit* für Urlaubsreisende. *Interessantes Leben* für die Abenteuerlustigen und alle, die es sein wollten. Der Ausdruck *situiert* war eine heikle Sache. Es sollte finanzielle Sicherheit versprechen, aber nicht mehr. *Romantisch* sollte die Träumerinnen wecken. Zudem stand das Wort für ‚schön'. Obwohl dies zweifellos das wichtigste Kriterium war, wollte er diese Entscheidung selber treffen. *Mädchen/Frau* spricht alle außer die Emanzen an. *Bis 35* verscheucht die Alten.

Seine Absicht war, das Netz möglich weit auszuwerfen und mit dem Rendezvous auszusieben. Gleichzeitig wollte er vermeiden, daß sich jede Dahergeschwommene darin verfing. Ohnehin glaubte er, nur wenige Antworten zu erhalten, wenn überhaupt.

An die Sache ging er wie an ein Projekt heran. Öffnete einen Ordner und benützte den Computer. Seine Doppelstrategie war, zu inserieren und die Annoncen anderer in großem Umfang zu beantworten. So kämmte er einschlägige Zeitungen durch, Rubrik ‚Bekanntschaften, Heirat'. Beantwortete Dutzende von Annoncen mit einem Standardbrief, leicht abgewandelt auf individuelle Sehnsüchte, die er aus den kargen Worten der Anzeige herauszulesen glaubte. In diesem Brief versuchte er, sein Leben auf zwei Seiten zu komprimieren. Es sollte nichts gelogen, aber auch nicht alles gesagt sein. Neugier sollte er erwecken, ohne abzuschrecken. Die Normalen, Biederen, auch die Verrückten und allzu Schwierigen sollte er verscheuchen, gleichzeitig aber möglich viele ansprechen und voreilige Ausscheidungen vermeiden.

An der Formulierung dieser Vorstellung kaute er zwei volle Tage, obwohl er genau wußte, was er wollte. Aber ebenso war ihm bewußt, daß er es nicht bekommen würde: ein schönes Mädchen, hingebungsvoll, allem Schönen dieses Lebens offen, das zu ihm hielt und dem er ein Leben lang vertrauen konnte.

Alles andere wie Treue, Liebe, Fleiß, beruflicher Erfolg, Tüchtigkeit, finanzielle Unabhängigkeit und – Intelligenz, betrachtete er als zusätzliches Geschenk des Himmels, ohne damit im Ernst zu rechnen. Wehmütig erinnerte er sich an die Zeit, als Intelligenz– oder war es Intellekt? – an erster Stelle seiner Forderungen stand. Die Erfahrungen waren fürchterlich, und reumütig kehrte er zur Hingebung zurück.

In seinen jetzigen Wünschen – Forderungen schienen ihm nicht mehr berechtigt – war nichts von alldem übriggeblieben. Nichts vom großen Glück, der unsterblichen Liebe, nur etwas Freude an der Abendsonne und gegenseitiges Vertrauen. Und doch machte er sogar an diesen kargen Attributen Abstriche, erfand Ersatzkriterien, bastelte an einer Formulierung, die für alle gelten sollte. Bis nur mehr ein bürokratisches Gerippe übrigblieb, das er dann in leere Phrasen kleidete. Aus ‚schön' wurde ‚passables Äußeres', schließlich ganz gestrichen, aus dem ‚Mädchen' auf Umwegen der ‚im Herzen Junggebliebenen' eine ganz normale

Frau, aus ‚hingebungsvoll' wurde ‚romantisch'. Die Liebe ersetzt mit der hohlen Phrase des ‚Vertrauens'. Welche Formulierung auch immer er wählte, die Wirklichkeit würde sie alle als etwas gänzlich anderes bloßstellen.

Nur die Phrase ‚kompliziertes Verhältnis zur Frau' hatte er auch nach langem Überlegen belassen. Gerade darauf hakten sie später alle ein. Wollten gleich am Telefon in fünf Minuten wissen, woran er schon ein Leben litt. Um ihn abschreiben zu können.

Trotz geringer Erwartungen trat er mit hohem Einsatz in diese schöne neue Welt. Er wollte um jeden Preis ein neues Leben beginnen, seine müden Knochen aufrappeln zum letzten Galopp. Er war gewillt, wenn nötig auch zu heiraten, sogar ein Kind, wenn sie unbedingt darauf bestand. Den alten Wahnsinn tief und endgültig begraben.

Er machte wieder einmal eine Abmagerungskur durch, diesmal radikal, da er höchstens noch zwei Wochen bis zum ersten Rendezvous hatte.

Fing wieder mit Bodybuilding an, die Welt der Kraftkammern, Muskeltiere im Trikot, Rambo der Spiegelprotz, unter Hanteln und Maschinen rackern, dazu die verhaßte Discomusik, jedoch ohne schwarze Mädchen.

Ließ sich von der charmanten Friseuse überreden, die Haare zu färben. Haare färben bedeutet einen Wendepunkt im Leben. Der Beginn der Alterslüge. Als er sich im Spiegel sah, erschrak er und schämte sich vor seinen Freunden. Doch als ihm Rafael nach kurzer Schreckpause ein Kompliment vorlog, glaubte er es.

Er holte die verstaubten Anzüge aus dem Kasten, die er vor einer Ewigkeit in Hongkong schneidern ließ. Etwas eng am Bauch, die Weste mußte erweitert werden, der Rock aufgeknöpft bleiben. Raus aus den bequemen braunen Wüstenstiefeln, rein in die drückend schlanken Halbschuhe. Alles für die schöne Unbekannte.

Nahm wieder den Kampf mit den Kontaktlinsen auf, deren Schmerzen er im Alkohol ertränkte. Jugendlich strahlend wollte er erscheinen.

Lächerlich einfach waren alle diese Verwandlungen, wenn auch etwas lächerlich. Einfach lächerlich, sich vor der Partnerin fürs Leben derart verstellen zu müssen.

Von Bekannten und Freundinnen holte er sich gutgemeinte Ratschläge. Was sein Äußeres betraf, waren die Probleme, wie gesagt, leicht zu lösen. Er hatte schließlich nicht umsonst mit all den Frauen geschlafen, und wahrlich waren sie nicht alle schwarz und taten's nur ums Geld!

Der dafür notwendige Gesinnungswandel war's, der ihm schlaflose Nächte kostete. Wie würden sie sein Anderssein, seine Vergangenheit aufnehmen? Etwas verschweigen oder gar lügen wollte er nicht. Wozu auch, er hatte nichts zu bereuen, nichts zu entschuldigen. Im Gegenteil, er war auf sein Leben stolz und hoffte im geheimen, daß einige ihn darum beneiden, vielleicht sogar bewundern würden.

Da waren noch einige Gewohnheiten, die den Junggesellen fern der Zivilisation verrieten. Nasenbohren beispielsweise, oder Nägelkauen. Gesittet zu essen bereitete ihm schon immer Schwierigkeiten. Er überlegte, ob er sich einer ähnlichen Gewaltkur unterziehen sollte wie Demosthenes, der sein Lispeln mit einem spitzen Stein unter der Zunge, sein Schulterzucken mit einem darübergehängten Schwert und seine schwache Stimme in der Meeresbrandung stählte, bevor er zum größten Redner der Antike wurde.

Aber eigentlich suchte er ja eine Frau, die ihn akzeptieren würde, wie er war, und nicht, wie sie es wünschte.

Die erste Woche herrschte Funkstille, er gab schon auf. Plötzlich brach der Sturm los. Briefe, pausenloses Telefon. Zum Flüchten.

Die guten alten Zeiten elektronisch verstärkt. Der Telefonbeantworter voll mit Lockrufen: ‚Hallo, hier spricht Brigitte, Inga, Susi, Gabi, Annoncennummer ..., bin hübsch und nicht die Dümmste, dein Schaukelpferd am Abend, weiches Ei am Morgen, bin schon sehr neugierig, möchte dich gerne treffen, bitte ruf zurück.‘ Das verhaßte Du des Fremden, die verlogene Anbiederung der Supermärkte.

Das erste Treffen. „Magister Professorin, 28 Jahre, hübsch." Nach zwanzig Jahren hatte er wieder Prüfungsangst.

Sie war sehr lieb, die Frau von nebenan aus der Straßenbahn. Vor Aufregung unterbrachen sie sich pausenlos, enschuldigten sich und vergaßen alles Wesentliche. Ihr Pech - oder Glück, daß sie die erste war.

Die nächste bitte. „Nur Nichtraucher, und keinen Alkohol." Letzteres empfand er als persönliche Beleidigung.

Sie schielte. Frauen, die schielen... Diesmal jedoch ging's daneben. Nicht der verführerische Silberblick, sondern Vertikalverschiebung. Vielleicht hatte sie ein Auge schon auf den nächsten hinter ihm gerichtet. „Ok dann, in einer Woche", und reichte ihr die billige Visitenkarte. „Anruf genügt." Oder auch nicht.

Die dritte, eine abenteuerliche Sekretärin, wollte unbedingt das Geheimnis des afrikanischen Sexuallebens erforschen, und zwar auf der Stelle. Heulte beim dritten Viertel durchs Lokal, daß alle Männer nur das Eine wollten, sie jedoch was anderes, woran sie aber ihr großer Busen hindere.

Die vierte, attraktiv zum Zungenlecken, hatte zwei Kinder, die kein drittes, sondern einen Geldesel suchten. Wie wär's, gemeinsam Urlaub nächste Woche, auf seine Kosten? Nach Kreta, er sei doch Kosmopolit? Augenzwinkern, Händeschütteln, und das war's.

Die fünfte, die war heiß. Eine frustrierte Intellektuelle, die nicht nur so aussah, sondern ihn genauso anpöbelte: „Sagen Sie, wofür halten Sie sich eigentlich?" Er wollte schon über die Toilette flüchten, aber dann wurde es doch noch angeregt. Am Höhepunkt der Hingabe fauchte sie:

„Man lernt nie aus“, und ließ sich dankbar in den Mantel helfen.

Bei der sechsten, einem kaltfüßigen Schneewittchen, das über seine Leiche endlich mal ins große Leben steigen wollte, stieg ihm eine Ahnung auf, daß er irgendwie in den falschen Stromkreislauf geraten war. Alles verlogene Bürgerinnen mit falschen Sehnsüchten, Berechnende, Scheinmoderne, Intolerante, Pseudointellektuelle, all die längst vergessenen Gespenster aus der Grottenbahn. Mit Problemen angefüllt bis zur Schädeldecke, wo sollte da noch Liebe, geschweige denn Hingabe, Platz haben? Alle suchten einen Mann, der ihre Unabhängigkeit garantieren sollte. Mit einer neuen Bindung versuchten sie sich zu befreien. Jede wollte etwas anderes sein, die Mutter eine Tänzerin, die Brave eine Hure, die Intellektuelle eine Bäuerin, das Schneewittchen eine Rallyefahrerin. Ein Heer von Emigranten, ziellose Flüchtlinge, Umsiedler im Niemandsland. Natürlich ohne das geringste Risiko. Computerspiele, *virtual reality*, die moderne Seelenwanderung mit dem Fernsehmoderator als Guru. All das, was er zwar nicht ablehnte, aber auch nicht unbedingt benötigte und sicher nicht erträumte.

Aber es reizte, die Welt der feschen Frauen, bei zugekniffenen Augen und einem Liter Amnesie wirkten sie sogar erotisch. Das eingeschläferte Monster in ihm erwachte und reckte seine Hörner.

Heißa, was zappelte da nicht alles im Seemannsgarn: Tintenfische, die sich als Goldfische verkleideten, sportliche Delphine, die aus dem grauen Alltag schnellten, großmäulige Karpfen, schenkelschlanke Hechte, bissige Muränen, sehnsüchtige Wale, Seepferdchen, die aufs Vergolden warten, elektrisierende Wasserschlangen, räkelnde Seesterne, gesträubte Seeigel, flinke Krabben, zwickende Langusten, Welsche mit Altersbart, nervensägende Schwertfische, Hammerhai und Babyrobbe.

Die heillose Namensverwirrung begann wieder. Wer

gehörte zu welcher Annonce? Anders als die Afrikanerinnen, die darüber lachten, fühlten die sich hier beleidigt, zutiefst verletzt in ihre Frauenwürde, wenn man sie verwechselte. Wollten unter allen Umständen als Individuum gelten und nicht als Wagenfracht.

Hervor zog er wieder den Kalender, doch diesmal gab es nichts mehr zu verbergen. Beide waren weiß und chancengleich. Die Eintragungen blieben jedoch dieselben: Gabi, 18 Uhr, Cafe Mozart, dann kurze Beschreibung. Auch die Seiten riß er nach Ableben der Rendezvous wieder aus für den Fall, daß seine Zukünftige darauf stoßen sollte.

Viele Lehrerinnen gab's und viel Kaffee mit Kuchen. Manchmal folgten sich die Rendezvous im selben Café. Wieder der Streß, die eine abzufertigen, bevor die andere auftaucht. Nervös verstohlen auf die Uhr blicken, das Thema zum Abschluß bringen, erleichtert in den Mantel helfen, jaja, wir bleiben in Kontakt, Inshallah.

Zweimal um die Ecke biegen, verängstigt in die Runde äugen, und hinein zur nächsten. Die mit dem himmelblauen Kleid, Strandhut mit breiter Krempe, Sommer, Sonne und die Liebe.

Nach der zehnten hörte der Spaß auf, und der Sport begann. Dazu kam ein Schuß wissenschaftlichen Untersuchungsgeistes. Vielleicht würde er einmal darüber schreiben? Statt nach ihrem Innenleben fragte er sie nach ihren Briefmännern. Die hübscheren unter ihnen zogen dieselbe Show wie er auf, verfolgten dieselbe Strategie: Im ersten Durchlauf aussieben auf fünf bis zehn, dann zweiter Durchlauf, solange, bis einer übrigblieb – wenn er nicht schon aufgegeben hatte oder an der Angel zappelte. Blieb keiner übrig, begann man mit einer neuen Annonce.

Manche bekamen bis zu fünfzig Antworten, darunter wahre Idioten, die kaum schreiben konnten und als einziges Atout ihren Schwanz vorwiesen. Manche Frauen praktizierten das seit Jahren, es war lustiger und kam billiger als das Herumstreunen. Manche seiner Annoncenfrauen sah er wieder, oft im selben Café ihres Rendez-vous, beide mit anderen Partnern. Sie zwinkerten sich zu, viel Glück zum nächsten.

Die moderne Freizeitbeschäftigung. Überall sah er plötzlich Frauen, die Annoncen studierten, in den Cafés, in der Metro, auf den Parkbänken. Rissen den Zeitungsverkäufern die dicken Wochenendblätter aus der Hand und arbeiteten sich rotohrig mit Gleichgesinnten im Café mit Schere, Rotstift und Notizblock durch. „Na, hör dir das mal an, so eine Frechheit. Eingebildet sind die Kerle." Eine Gaudi, die alles Elend ihrer letzten Beziehungen verdrängt.

Die Männer heutzutage, keiner stimmt mehr, alle kaputt. ‚Was denn sei wohl sein Wehwehchen?' beäugte sie ihn rätselnd. „Keines ... das heißt", gespielt todernst, „eines". Doch das sei viel zu schwer im Gewicht und zum Erraten.

„Nawasdenn? Schlechte Erfahrung mit den Frauen?" „Neinnein, das geht schon etwas tiefer." „Impotenz, neinnichtschonwieder?" „Neinnochtiefer." „Jawasgibtsdenndanoch?"

Na, sie würde es schon herauskriegen, wenn nötig mit Hypnose, Meditation oder Sex, viel Sex. Mit Zärtlichkeit vermischt, versteht sich, sie verstünde schon die Männer, auch die größten Schwerenöter, war schließlich lang genug mit einem zusammen. Jetzt ist sie voll und ganz bereit zum zweiten Leben, geläutert zwar, doch voll Zuversicht und heißen Erwartungen.

Jaja, geläutert, läutet es von ferne. Aus dem Zigarettenqualm tauchen Rinderherden mit bemalten Hörnern und bunten Ringen um die Beine. Das Fest der Flußüberquerung, der Tanz der schönen Fula Frauen im Kohlenfeuer dunkler Männeraugen. Mirjam mit den steifen Brüsten unterm Fetzenhemd im zerwühlten Sand, der Mond eine milchgefüllte Kalebasse.

Erschrocken merkt er, daß sie seine Träumerei falsch auffaßt. „Ich sehe, meine Hypnose greift schon. Es wäre auch das erste Mal, daß sie versagte." Er zuckt zusammen, als sie seinen Arm ergreift.

Nach einigen Wochen wurde es langweilig, ermüdend, sinnlos. Im Grunde taten sie ihm leid. Hatten sich fein herausgeputzt, um sich das Schlimmste gefallen zu lassen, was einer Frau zustoßen kann: die Zurückweisung.

Beim dritten Sekretärinnengejammer hatte er genug. Alles künstlich und verlogen. Er beschloß, das Ganze abzublasen.

Nur noch die eine, letzte Annonce: *Bildhübsch, romantisch, freiwillig einsam, hingebungsvoll, 32 Jahre; Telefon ...* Hingebungsvoll, das sagte noch keine. Alle redeten vom Hergeben.

Rief sofort an, niemand meldete sich. Eine Stunde später lief das Tonband. Eine verführerische Stimme, die ihn auf Montag vertröstete. Montag früh antwortete ein Mann: „Tja, die Dame ist gerade nicht hier. Eine Frage, wenn Sie gestatten. Wie alt sind Sie und was ist Ihr Beruf?" Ich wollte protestieren, als mich eine Frauenstimme unterbrach: „..kommen Sie doch mal vorbei. Ich bin eine Bekannte dieser Dame, die Sie unbedingt" – Pause – „gerne kennenlernen möchte."

„Vermittlungsbüro", belehrte mich ein Erfahrener, dem ich es erzählte. Warum nicht, gehört auch dazu, ein würdiger Abschluß dieses Rummels. Nur hinein in die Löwinnengrube.

Kleines, aber gediegenes Bronzeschild: Eheinstitut Doktor ...

Ein Institut für eine Institution. Klingelmusik, die ersten Takte der Marseillaise, oder war es die Internationale? Charmantes Lächeln, kleine Witzchen, leichtes Betreten beiderseits. Schon wieder Kaffee, diesmal ohne Kuchen, lauernde

Gemütlichkeit. Erstes Betasten, das zum Glück vom Telefon unterbrochen wurde: „… jaja, die Annonce, noch diese Woche, Sie müssen entschuldigen, die Post, na ganz sicher wird es diesmal klappen, und viel Glück."

„Also, die Sache mit der Einsamkeit, alles künstlich. Ist doch völlig unnötig heutzutage, im Zeitalter der *instant communication."* Letzteres klang wie Gary Cooper in thailändischer Synchronisation. Einsamkeit als ein statistischer Fehler, den der Computer auf Knopfdruck korrigiert und jedem Hansl seine Grete ausspeit. Gegen Eintrittsgeld natürlich: „Na ja, sagen wir dreitausend Mark, Spezialpreis für besonders attraktive Männer." Falsches Blitzen aus den Augenwinkeln.

„Und das Mädchen aus der Zeitung?" Greift nach einem Album mit der Aufschrift *‚classified'*, schlägt auf und hält ihm ein Mädchenfoto unter die Nase. „Gefällt Ihnen die?" Ein Allerweltskleid unterm Knie, glattgekämmte Trauerweide, Grecos Nachkriegsschwester, der sie Brust und Eros weggeschossen, greift langweilig nach einem dicken Baum, Gesicht im Schatten.

„Das ist sie?" „Nein, ich wollte nur Ihren Geschmack testen. … Und die?" Das Mädchen aus der Suriwongse School, der Klassenkasperl aus der Reihe tanzt, nur zwanzig Jahre älter, vergrämt, lustlos. „Ganz schön, aber nicht ganz mein Geschmack." „Klar, zuwenig intellektuell, kein Abitur, aber die …"

Mit sicherem Griff fischt sie das Foto aus dem Atelier: „Akademikerin."

Aye, Fatou vor dem Auto ihres *blanc,* die blondgefärbten Haare seitlich abgefallen. Ein Gesicht aus hundert Jahren abendländischer Verzweiflung.

„Dreitausend D-Mark", um die Hingabe zu treffen! Existiert vielleicht gar nicht mehr, schwimmt schon längst außerhalb des Pools, in dem nur die Kröten übrigblieben.

Dann holt sie zum Vergeltungsschlag aus. „Also, was suchen Sie denn eigentlich? Etwa die Frau, die es gar nicht gibt? Eine Schönheitskönigin, die Philosophie studiert, zärtlich, hingebungsvoll, verständnisvoll, tüchtig, kinderliebend, sexy *und* treu bis in den Tod? Und das alles für dreitausend Mark?'

Raus aus dem Nepp. „Nein, ich unterschreibe nichts. Ja später, nächste Woche. Rufen Sie mich an."

Als sie tatsächlich anrief, hatte er sie schon vergessen, die Maklerin der Einsamkeit.

Er hatte sich wieder zurückgezogen, als sie auftauchte. Stand hilflos in der Haustür, die Haare brannten lichterloh im Abendrot. „Ich bin Julia." Sie war schön und auch verlegen. Ein gemeinsamer Bekannter hatte ihr von mir erzählt, und da sie in der Nähe wohnte... Er lud sie aufgeregt ein, umsponn sie mit dem offenen Geheimnis des Verzweifelten im Gewand des Routinierten.

Sie wandelte wie eingenebelt durch die Räume, die fremde Musik, die Dias aus der Steinzeit, *there is a man who takes you far away.*

Als sie einander nicht mehr ausweichen konnten, umarmten sie sich. Niedersinken, die Erlösung von der Schwerkraft der Verstellung. Die Hingabe - wenn nicht dieser Kampf in seinem Hirn tobte.

„Attend", und reißt sich hoch, „Was ist? Gibt es Schwierigkeiten? Neinnichtschonwieder." „Nein, es ist was anderes." „Wasdenn?" Aufsetzen, Rock runter, Büstenhalter rauf, Pullover rein, Drink holen. „Also, hör zu." Was sie äußerst widerwillig tat.

Afrika, die schwarzen Mädchen, viele davon, davon wieder viele HIV, verstehen? „Ich habe mich noch nicht testen lassen."

„Warum nicht?" schreit sie, betrogen um ihr kleines Glück. Weint kurz, rafft alles auf und rennt grußlos hinaus. Die Flucht vorm Monster, vor dem Mörder.

Er hatte vor, sich vor einer ernsthaften Beziehung testen zu lassen. Doch erst die Henne, dann sein Ei. Wozu auch unnötig sein Todesurteil riskieren? Besonders, wenn die Chancen dazu hoch sind. Ist man negativ, müßte man ein stilles Gelübde einhalten, auf alle *nanas* dieser Welt endgültig zu verzichten und fortan nur mehr der Vergeistigung zu leben. Der Spaß wäre weg.

Bei positiv ist ohnehin alles aus. U-Boot spielen, das Doppelleben eines Geheimagenten ohne Auftrag. Niemand mehr vertrauen, sich niemand anvertrauen können, nicht einmal Rafael. Ein Leben ohne Glauben, ohne Hoffnung, wo hatte da die Liebe Platz? Die absolute Einsamkeit. Lebendig tot. Der Selbstmord. Als Grabinschrift: Ausgelebt.

Nach zwei Wochen kam sie zurück. Es täte ihr so leid, aber er müsse verstehen, daß die Entscheidung auch für sie nicht leicht sei. Sie sei aber verliebt, ganz sicher. Sie merke es daran, daß sie immer an ihn denken mußte. Nach reiflicher Überlegung habe sie sich nun entschlossen, ihn zu heiraten, Kinder zu bekommen, ein neues Leben zu beginnen, ein Leben nur mit ihm. Jawohl, das meine sie ernst, todernst. Natürlich nur, wenn er sich … „Du weißt schon, was ich meine."

So kroch auch er zum Testkreuz. Wartesaal zur Hölle, Homos, Junkies und Prostituierte, Europas Neger, die sich in der Abstellkammer der Gesellschaft fröhlich eingerichtet haben. Jetzt sitzen sie vor Angst gelähmt und stieren auf die Tür zur Exekution. Mitten unter ihnen der seriöse Graumelierte mit dem zehnfachen Monatsgehalt im Anzug und geschnürten Schuhen. Versucht krampfhaft, ein mitgebrachtes Buch zu lesen, sich mit herumliegenden alten Zeitschriften abzulenken. Die Angst verwischt die Zeilen.

Blutabnahme, Untersuchung, Anamnese: neinnichts garnichts, nichts gesehen, nichts gehört, nichts gespürt, nichts zu tasten. Ja, viel Sport, leichter Bauch, mäßig Alkohol.

Hinaus, eine Woche Todeszelle. Nicht schlafen können, ständig Angst, alle Menschen fliehen, trinken, wegfahren, nur keine Bekannte treffen.

Dann wieder zurück, dieselben Wände, andere Gestalten.

Aufgerufen zum Schafott, Zimmer, Arzt, fragend ernster Blick, davonlaufen, ihn erwürgen, bevor es ausgesprochen. Der wunde Blick des Stieres auf den Matador.

Freispruch. Negativ. Der Arzt winkt mit dem Laborfetzen, gratuliert ihm. Danke, danke, aus dem Tunnel ins Freie taumeln, die Vögel jauchzen, alle Menschen könnte er umarmen. Dann fällt er erschöpft ins Auto und weint.

Verlobungsfeier in einem romantischen Hotel am Mittelmeer. Rotweinlachen, beide geben sich auch noch nach Monaten und ersten Sturmwarnungen unendlich glücklich. Der Hölle entronnen, kann einen nur das Paradies erwarten.

„Du bist immer so weit weg, liebst du mich eigentlich?"
„Ja wen denn sonst? Ist doch niemand mehr übrig. Nur du, Rafael - und ich."

„Ja du, dich liebst du, nur dich. Und deine schwarzen Huren." Sprang auf wie damals bei der ersten Umarmung.

„An die denkst du, mit denen kannst du Tag und Nacht. Auf mich hast du keine Lust mehr".

Keine Lust. Arme Julia, sie verstand gar nichts. Interessierte sie auch gar nicht. Strotzte vor Unternehmungslust, während er die Ruhe suchte, Geborgenheit, Zufriedenheit, Läuterung. Viel lesen, reisen, Kultur, schreiben. Das zweite, eigentliche Leben im Geiste nacherleben. Alles andere schien ihm schale Wiederholung.

Sie wählte ihn, um endlich etwas zu erleben. Die große Welt, das wilde weite Sexyland, das Abenteuer. Natürlich ohne Risiko, gratis. Behaglich in der guten Teakholzstube sitzen, während die anderen im Dschungel holzen. Die schwarzen Mädchen auf den Fotos betrachtete sie als eine Schande, die man bestenfalls vergessen konnte.

„Und wenn ich positiv gewesen wäre?“ Sie rang nach einer schnellen Antwort, doch nichts, gar nichts fiel ihr ein. Nur die Lebenslüge sprang ihr aus den Augen. Verlassen hätte sie ihn wie einen verkrätzten Hund und bei allen noch ihr Unglück ausgeweint.

So ward auch diese letzte Liebe eine schmerzhafte Enttäuschung.

Ein letzter Blick auf die Fernseheinsamkeit im Norden, die verschneiten Sehnsüchte im Osten, Betonbüros im Westen, den gekalkten Inseltraum des Südens. Keine Träne der verlogenen Mischpoche.

Dann kippte der Flug-Zugvogel Richtung Afrika.

Europa addio.

Stadt am Abgrund

So kamen wir an in dieser Stadt, auf der ein Fluch lastet.

Vor der VIP-Halle tanzen sie, dahinter prügeln sich die Träger. Die einen umarmen dich, die andern lauern in den dunklen Ecken, wo vor kurzem ein Weißer vor seinem endgültigen Abflug erstochen wurde.

Die Fahrt ins Zentrum. Nach zehn Kilometer Paradestraße beginnt der Slalom um die Gruben, in denen Lastwägen versinken. Tausende von Halbnackten warten auf den Zusammenbruch.

Eine Tyrannenstatue, der Wirklichkeit getreu sind Kopf und Arme abgehauen. Überall unvollendete Monumente, darunter eine gigantische Betonspritze mit Nadel, die sinnlos in die Wolken sticht. Rampen aus Stahlbeton, die nackte Kinderärsche blutig reißen. Abgerissene Brücken über Straßen, Stufen, die in den Himmel führen, kariöse Türme, ausgeräucherte Paläste, dreistöckige Wolkenkratzer, auf denen Kräne rosten.

Dann beginnt der Slum, der wie ein aussätziger Bettler aus der Stadt kriecht.

Bretterverschlag mit Wellblech, darauf Steine, die bei Stürmen Kinder erschlagen. Frauen im zerfransten Badetuch und mit Antennenhar kauern vor Blechtöpfen, aus denen dünner Rauch zum Himmel stinkt.

Aus den Bussen hängen Menschentrauben. Einer fällt herunter, schüttelt sich ab und hinkt weiter.

Die Gesichter haßerfüllte Masken, agressive Schnitzereien aus dem Urwald, brüten zwischen Hoffnungslosigkeit und Aufruhr.

Die ersten *nanas* mit und ohne bananas, die ihre Hintern durch die Menge schieben. Bars überall, die den Jammer übertönen, davor tanzt berauscht der *Mario* mit Schihaube und Glockenhose. An der Kreuzung Militär mit Stahlhelm, die zerlumpte Scheine aus den Autos prügeln.

Das Haus im Zentrum, siebzehnstöckiger Wahnsinn, ein Gemisch aus Labyrinth und Rennstall. Vor den Fenstern abendrosa Kitsch, in der Straßenschlucht der Tanz der langen Messer.

Anfangs blieb ich zuhause, Rafael und den Gerüchten zuliebe.

Nicht lange. In diesem Käfig, wo alle Tiere abgeschlachtet, die letzten Bäume abgebrannt, die Arbeit lächerlich und sinnlos, was blieb da anderes zu tun als Geldverdienen und nach Mädchen jagen? Noch dazu bei diesem Angebot!

Giganteske Nachtclubs flackern gespenstisch aus den Slums, von Stahlhelmen bewacht, die schreiende Mädchen hinters Auto zerren. Hinterm Hymenvorhang tanzt der Höllenbreughel, tollwütige Aufziehpuppen, Beinespreizen und ganz weit nach rückwärts beugen, in die Knie gehn, so und jetzt mit den Armen kräftig schütteln. Wirft dem *deer-hunter* eine Maulvoll Neongrinsen zu, wenn er ihr den Hintern ohrfeigt. Draußen tobt der Straßensex.

Im Supermarkt *„Ça va, papa?“* zwischen importiertem Klopapier, holländischem Milchpulver und eingeflogenen Austern – nur in den Monaten mit r und an den Tagen, an denen die Cargogötter landen.

Im Hotelfoyer leuchten sie wie Glühwürmer bei Stromausfall.

Im Taxi: „Wohin Monsieur? Ich auch." Da dreht sich der Fahrer in Ermangelung eines Rückspiegels um und lacht dir mitten ins Gesicht, bis du betreten mitlachst.

Vor den verdreckten Mädchenheimen warten jeden Abend die fettschwarzen Mercedes. Den Studentinnen rechnet der Direktor schon bei der Aufnahme die hohe Miete aus: eine *m'wanza* Nacht pro Woche. Den Rest können sie mit wem sie wollen schlafen.

Die süßen Schülerinnen zerraufen sich die Plastikhaare, wer mit dem Professor vor dem Zeugnis baisen darf.

Auf der Uni gibts schon lange keine Bücher mehr. Wozu auch? Jede kommt durch, die's mit den Profs treibt, und ihr Freund dazu. Aus den Wohnruinen am Universitätsgelände außerhalb der Stadt – sonst wären sie nur mehr in den Discos – treibt sie der permanente Stromausfall unter die Straßenlampen, wo sie handgeschriebene Manuskripte aus dem Mittelalter entschlüsseln und dann erschöpft im graslosen Park baisen.

Vor den Büros zu Mittag stehen Sekretärinnen mit Rollaugen Spalier und erwarten von den herumspähenden Autofahrern - darum die vielen Blechschäden - ein Mittagessen mit Siestabaischen. Das bringt mehr, als eine Woche über der papierlosen Schreibmaschine zu verschlafen. Aufgeweckt von einem lästigen Experten, der dem Lande hemmungslosen Wohlstand bringt. Bringen könnte, wenn, ja wenn nicht der Direktor ... *„il n'est pas la"*. „Na, wo ist er denn? Wann kommt er wieder?" *„Je ne sais pas"*. Treibt sich wohl schon wieder in der *n'ganda* rum, eine neue SIDA Strategie entwerfen. Nicht diese lächerlichen Kondome, die er seit der letzten Kampagne noch immer unbenützt bei sich trägt. Die schaffen unnötiges Mißtrauen und sind beiden lästig. Nein, mit dem Alter muß er runter, nur mehr ganz, ganz junge, noch vor der Durchseuchung in den Hinterschulschlachthöfen. Jungfrauen am besten. Nur, wo hernehmen, wo sogar die Waisenhäuser durchgebaist sind?

Vielleicht sollte man die weggelegten Straßenbabies großziehn, die plötzlich überall auftauchen?

Eines Abends stand ein Mann in der Tür. Er sagte nichts, sah lauernd in die Wohnung und überreichte ein Kuvert. Dann verschwand er.

Darin stand die Aufforderung, am nächsten Morgen 9 Uhr ins Polizeikommissariat *N'Dolo* zu kommen, zwecks *‚interrogation'*.

N'Dolo, das alte Kolonialgefängnis mit seinen unterirdischen Folterkammern, die jeden Todesschrei ersticken, berüchtigt unter Schwerverbrechern und Politischen.

Wahrscheinlich wieder irgendein Verkehrsdelikt, an dem die Polizei verdienen wollte. Erst letzte Woche prügelten sie mich aus dem Wagen, wegen ‚Behinderung der freien Zirkulation'. Doch warum gerade N'dolo?

Mit dem schwarzen Botschaftswagen fuhr ich vor. Dreckige Baracken um einen versauten Innenhof, in dem zerlumpte Frauen auf einem verkohlten Steinkranz Brei zum Frühstück kochten.

Vor dem Eingang Militär, auf der Bank daneben *nanas*. Drinnen ein langer Gang, auf beiden Seiten leere Räume.

Plötzlich springt ein Polizist heraus, *„Docteur …"*, weist uns grußlos in ein kahles Büro mit Schreibmaschine aus dem ersten Weltkrieg. Dahinter der Allmächtige mit Leopardenkappe und bauernschlauem Lächeln.

„Alors, docteur, c'est grave, très, très grave", dabei starrt er mit seinen alkoholgetränkten Augen knapp an mir vorbei.

„Was denn?"

„Im besten Falle Landesverweis, schlimmstenfalls dreißig Jahre Gefängnis, begnadigt nur von …" Weist auf den Kerl über ihm.

Er rennt hinaus, läßt uns braten im Mischmasch aus Angst und schlechtem Witz.

„Der will …" Der schwarze Botschaftsangestellte reibt Daumen gegen Zeige- und Mittelfinger. Wofür, weiß er auch nicht. „Wieviel?" „Na, die sind schon für ein paar Dollar dankbar." Eine Handvoll Dollar für die ganze Aufregung?

Der Häscher stürzt wieder herein, mit gestärkter Alkoholfahne und einem abgerissenen Zettel.

„Kennen Sie eine Mademoiselle …" unaussprechlicher Name. „Nein, wieso?" *„C'est grave, très grave"*, nicht nur minderjährig, sondern auch Rauschgift und ausländische Medikamente.

Ich lache gequält auf, mein Begleiter versinkt hinter den Händen, der Häscher rennt hinaus.

Ein anderer kommt, fängt von vorne an und spricht das Urteil samt Begründung aus: zwanzig Jahre Gefängnis wegen Verführung Minderjähriger zu tierischen Perversionen, Rauschgift und unerlaubtem Medikamentenversuch.

Dazwischen stürzen immer neue ins Büro, er rennt hinaus, der dritte kommt. Völlige Verwirrung.

„Also, *docteur*, ich verstehe nicht, in ihrem Alter," rupft sich die Schläfe, „ein Kind, achtbarer Beruf, gehobene Stellung", reibt mit den Fingerspitzen, „und dann mit so einer. Ich möchte Ihnen helfen, bevor die Katastrophe …, ihr Sohn, wie heißt er noch?"

Langsam tauche ich auf. Alles Schwindel, primitive Erpressung, sonst nichts. Her mit dem Mädchen, möchte sie sehen.

„Wirklich? Wäre es nicht besser, alles noch im Guten zu regeln?"

„Wieviel?" mischt sich der Botschaftsschwarze drein.

Gewichtige Pause. „Tausend Dollar, *cash*", und grinst über seine Englischkenntnisse.

Dieser Betrag entscheidet. „Ich lasse mich nicht erpressen, von niemandem und nichts. Her mit ihr."

Da kommt sie schon, ein armes, verschüchtertes Schulmädchen.

Kaum zu erkennen, die freche Kleine aus dem Playboy Club, die mir vor Monaten den Tripper gab und mich Wochen später eines Nachts besuchte. Ich bot ihr Antibiotika an, die sie entrüstet zurückwies, und warf sie gleich darauf hinaus.

Weder minderjährig, noch irgendwelche Perversitäten oder Rauschgift. Reine Erpressung.

Die Botschaft rief über Funk, was los sei. Was? Funkstille. Dann beriefen sie das Auto und den Schwarzen ab. Ich wollte mich beschweren, da brach der Funk ab. Ich war ausgeliefert.

Der Preis stieg, einer der herumlungernden Häftlinge - vielleicht war er auch nur verkleidet - meinte, ich käme hier nicht mehr heraus.

Da stürzt eine aufgeregte Meute herein. „... *mourant*", jemand liegt im Sterben, wahrscheinlich in den unterirdischen Verliesen zu Tode geprügelt.

Tableau inverse, plötzlich kommen sie gekrochen. „*Docteur*, helfen Sie einem Sterbenden."

Ein Epileptiker, der während der Tortur einen Anfall hatte, *grand mal* mit Einkoten, blutigem Zungenbiß und Wunde am Hinterschädel. „Steh auf", befehle ich und lasse es in seine Sprache übersetzen. Er rappelt sich auf, das Auferstehungswunder ist vollbracht. Ich gebe noch einige Ratschläge und wende mich verächtlich dem Mädchen und ihren Loddeln zu.

Das Lösegeld begann zu sinken, stürzte ins Bodenlose. In zehn Minuten war es an einer Kiste Bier angelangt. Ich gab nicht nach, nein, nicht einmal eine Zigarette. Das war mein Triumph. Vor Einbruch der Dunkelheit ließen sie mich laufen.

Am nächsten Tag kam der Botschaftsbrief, Entlassung binnen achtundvierzig Stunden. Wir begannen zu packen. Rafael verstand noch immer nichts.

Da flatterte in letzter Minute die Aussicht auf Begnadigung ins Haus. Nächsten Morgen Aussprache mit seiner Exzellenz. Ein Riesenkerl, der auf alles herabsah. Vorbeter in seiner Sekte und leidenschaftlicher Bibelfresser. Wollte wie alle Puritaner jede Einzelheit wissen, „... ja, ich bezahlte Sie, zehn Dollar". ‚Wie üblich', konnte ich gerade noch unterdrücken. „Nein, es gab keinerlei Perversionen, das ist nicht meine Veranlagung." „Wirklich?" und sah mich an wie der leibhaftige Jesus. „Wirklich."

„Ja, es war ein Fehler, mit ‚so einer' zu gehen. Ich war einsam, habe erst vor kurzem meine Frau verloren. Dazu der Streß in der Arbeit. Aber ich bin mir keines Vergehens und keiner Schuld bewußt. Alles reine Erpressung, keine einzige Beschuldigung ist wahr."

Interessierte ihn überhaupt nicht. Sah in mir den Auswurf der Verderbtheit, das fleischgewordene Laster, die Schlange zum Zertreten.

Hätte er auch, wenn nicht zahlreiche Leute interveniert hätten. Nicht aus Freundschaft, sondern um sich die Suche nach Ersatz und den dazugehörigen Papierkram zu ersparen. Ob die Sache mit der *sûreté* [Staatssicherheitsdienst] vorbei sei, war Exzellenzens größte Sorge. Er verlangte eine schriftliche Erklärung von ‚denen'. Bei der geringsten Wiederholung mit ‚solchen' drohte der unwiderrufliche Hinauswurf.

Erst nach drei Wochen und dreihundert Dollar für den weißen Advokaten, der schon Hunderte dieser Fälle bearbeitet hatte, hatte ich es schriftlich, daß die Klage zurückgezogen sei.

Der Militärkommandant gratulierte, da ich als erster Weißer seit der Unabhängigkeit ohne Bezahlung aus N'dolo herausgekommen war. Dann erniedrigte er mich zu einem Handschlag und überreichte mir das Protokoll. Es war ein schmuddeliger handgeschriebener Zettel: ‚*Je, soussignée, déclare* ... erkläre, daß ich ... spazieren ging, als ...' Weiter war sie nicht gekommen.

Wie damals in Phnom Penh, die kleine *number one*. Zwanzig Jahre, und nichts dazugelernt.

Seitdem leben wir in der Belagerung auf einer Feste hoch über den Menschen.

Kein Türeöffnen ohne den Blick durchs Fischauge. Für Rafael steht ein Sessel am Gang, den er bei Klingeln lautlos zur Türe schiebt. Beim Nachhausekommen steige ich zwei Stockwerke tiefer aus. Schleiche hinauf, knie mich hin mit dem Gesicht am Boden und luge um die Ecke. Manchmal wartet schon eine. Dann krieche ich lautlos zurück, fahre hinunter, verstecke mich, von allen unbemerkt, in der Nähe des Hauptausgangs und warte, bis sie herauskommt, winke winke zu den Militärs, *á la prochaine*. Ist sie nach einer Stunde noch immer nicht erschienen, wiederhole ich das Anschleichen und Bodenkriechen, da sie ja den Hinterausgang benutzen hätte können.

Manchmal sitzen die Mädchen auf den Stufen vor dem Eingang, wenn sie nicht genug bezahlen. So fahre ich immer erst auf der anderen Straßenseite vor und sehe, wie sie, nach allen Seiten schäkernd, auf ihr Opfer warten.

Anfangs versuchte ich, die Wächter zu bezahlen, kein Mädchen mehr heraufzulassen. Doch was immer ich gab, sie nahmen auch noch das Geld der Mädchen.

Am gemeinsten waren die Besuche im Büro, wo ich nicht entrinnen konnte. „*Docteur*, schon wieder eine Dame für Sie".

Jetzt vertraue ich niemand mehr. Nicht meinen besten Freunden, nicht einmal Rafael.

Die Abendsonne blutete durch die zersausten Fächerpalmen am Boulevard. Verkehrsstau, ich trällerte und blickte auf ein Mädchen, das ganz unverschämt den Rock hochschob.

Da rissen sie die Türen auf, warfen mich auf die Straße, drohten mit dem Messer, nahmen das Geld, sprangen ins Auto und fuhren davon. Alles in Sekundenschnelle.

Wochen später und nach tausend Dollar ‚Saatgeld' rechts und links fand man das Auto in einem Verschlag am Stadtrand. Umgespritzt, Motor- und Fahrgestellnummer ausgetauscht, neue Nummerntafeln, fertig zum Verkauf ins Nachbarland.

Es war die berühmte *Sans-culotten* Bande [*sans-culotte:* ohne Unterhose; Bezeichung der Proletarier in der französischen Revolution], die vor den Supermärkten Frauen überfiel, wenn sie schwerbepackt zum Auto gingen. Stürzten sich auf sie, schoben den Rock hinauf, rissen die Unterhose auf die Knöchel runter und rannten mit den Einkaufssäcken davon, die die entsetzten Frauen fallen ließen. Das Volk stand daneben und lachte.

Auch das Auto hielt nicht lange. Eines nachts krachte ein betrunkener Militärjeep in die Hinterseite und wirbelte es im Kreise, bis es sich überschlug. Während ich mich im Straßengraben um die Verletzten kümmerte, tauchten von überall Gestalten auf und begannen das Auto auszuräumen. Zurück aus dem Spital, dem es an Verbandzeug fehlte, war trotz Polizeischutz alles abmontiert, Räder, Batterie, Autositze, der letzte Tropfen Benzin aus dem Tank gesaugt.

Eine Woche später erschien die Polizei, jemand hätte meine Handtasche abgeliefert, mit allen Papieren. Als ich beim Protokoll den fehlenden Geldbetrag nannte, korrigierten sie mich. Dann mußte ich noch bezahlen, um die Papiere zu bekommen.

Am ärgsten trieb es die *sûreté.* Die Höhe der Bestechung für das Unfallsprotokoll stieg mit jedem Stockwerk, stürzte in den Keller und Sisyphos begann von neuem. Das Geld von der Versicherung erhielt ich nie.

Wird bei den Reichen eingebrochen, sind sie erstaunlich bald zur Stelle und räumen noch den Rest ab, ohne sich um die schwerverletzten Wächter zu kümmern. Äußert man Verdacht, riskiert man weitere Erpressung wegen ‚Beschuldigung der Staatsgewalt'.

Jeden Monat ein neuer Trick: am Flughafen hatten sie ein Wachzimmer eingerichtet, das jeder Ausländer passieren muß. Als Vorwand dient die Kontrolle des Devisenschmuggels. Während der eine den Paß inspiziert, durchsucht der andere die Handtasche, während der dritte Fragen stellt, eingestreut mit kleinen Drohungen, das alte Rezept der Verwirrung. Spätestens im Flugzeug bemerkt man den Diebstahl.

Das Militär, betrunkene Halbtiere. Stoppen das Auto mit vorgehaltener Maschinenpistole. Papiere. Führt man das Original mit sich, reißen sie dir's aus der Hand und verlangen Unsummen beim Abholen. Gibt man ihnen eine Kopie, drängen sie sich in den Wagen und bleiben sitzen, bis man ihren Monatsgehalt bezahlt.

Der Trick mit dem Mädchenköder: Stellen ihre Mädchen, die sie aus den Gefängnissen holen, auf einer dunklen Straßenecke auf. Du hältst an, sie steigt ein, *bonsoir, ça va?* Nach der nächsten Kurve springen sie hervor mit den Gewehren, während sie den Rock hochreißt und ‚Vergewaltigung' schreit. Zur Belohnung geht das Mädchen frei, bis zur nächsten Verhaftung.

Eines Tages kam der Tod. Klopfte leise an, schlüpfte unaufgefordert ins Zimmer, setzte sich aufs Bett und legte seine Hand auf meine Flammenstirn. Dann umarmte er mich. Sanft zuerst, beinahe zärtlich, dann immer stärker und fester, bis ich fast erstickte. Nicht mehr aufstehen konnte, nicht einmal aufs Klo. Nach einer Woche erfolgloser Behandlung ahnte ich, daß ich sterben würde. Da trat in das Delirium ein weißer Mann, stach in den Finger und ging wieder. Nach langer Zeit kam er zurück mit der Diagnose zerebraler Malaria und einer Menge Infusionsflaschen, Spritzen, Nadeln. Ich konnte nur mehr lallen.

Nach Stunden begann ich wieder zu reden, verlangte zu trinken, ja Bier. Das Fieber sank.

Die Umarmung wurde lockerer, bis er nur mehr still danebenlag. Endlich stand er auf und ging langsam zur Tür. Ein letztes Lächeln, er winkte verlegen und verschwand lautlos wie gekommen.

Am nächsten Morgen stand ich auf, rasierte und wusch mich zum ersten Mal seit zehn Tagen.

Als Rafael ans Bett kam, heulte ich und versprach, nur mehr mit ihm auszugehen.

Und ein Schiff war gekommen, mit schwarzen Segeln und dem dumpfen Klang der Nebelhörner. Der Mario der Nation war verstorben in der Fremde, an SIDA munkelt man.

Der Sarg, größer und schwärzer als je ein Sarg, getragen von hundert schwarzen Leibern zweihundert Kilometer von der Küste nach Kinshasa. Umringt von seinem Volke wie Ertrinkende um ihren Kapitän, am Tag unter jodelnden Fahnen, nachts im Geistertanz der Fackeln.

Trompeten und Posaunenklänge aus seinem vielgeliebten OK Jazz begleiten den Gesang der Klageweiber, und zum Trommelschlag aus harten Penissen tanzen nackte Dschungelmädchen.

N'Doki, der Menschenfresser mit dem Krokodilkopf, ist aus dem Urschlamm gestiegen und treibt sie vor sich her, einen ganzen Kontinent. Hinein in den langen schwarzen Tunnel, aus dem Jahrzehnte später das Skelett der schwarzen Rasse wankt.

Und so bin ich *enfin* gelandet bei, wie heißt sie noch, *Angéline de la Rue*.

Noch einmal über ihre Lippenhügel wandern, die schwarze Seidenmaske küssen, über den schlafgelösten Leib das Leichentuch gezogen. Daraus greifen dunkle Schlangenarme, schlingen sich um den gebeugten Nacken und ziehen ihn hinab. Eine Stimme aus dem Grabe flüstert *chéri, je t'aime, chériiii.*

Nackter, schwarzer Eros. Eros und Agape. Eros und Thanatos.

Es ist Sonntag. Die Sonne schlägt mit blanker Hand den Menschen ins Gesicht, wenn sie gesegnet aus der Kirche treten.

Am trägen Fluß tummeln sich die Weißen um das dürre Hühnchen, das der Boy am Gitter röstet.

An der Straße träumen die Zerlumpten auf einem ungekippten Blechnapf unter hohen Bäumen, die im Innern faulen.

Nackte Kinder halten braune Hunde am Nackenfelle zum Verkauf, die unendlich traurig in die Leere blicken.

In den Spitälern rüsten die Skelette zum Sterben und in den Villen der Reichen baist man wieder zur Siesta.

Aus einer Slumstraße rollt eine Staubkugel, darin ein Hund. Dahinter rennt ein Kind ins Auto und bleibt scheintot liegen. Herbeigestürzte tragen den schreienden Toten in den ausgebombten Innenhof, vor dem auch Angéline absteigt.

Im Rückspiegel steht sie mit gespreizten Beinen mitten auf der Straße und winkt. Lautlos schreit sie „Komm zurück, *chéri, chériiiiiiiiiiiiiiiiiiiiiiiiiiiiiiiiiiiiiiiiiiiiiiiiiiii.*"

Worterklärung

[1] *Abacost:* Abkürzung von *à bas le costume* [nieder mit dem Anzug].

Kleidung der afrikanischen Funktionäre, eine Art Tropenanzug im Mao Look, meist aus billigem dunkelblauen, braunen, grünen oder khakifarbenen Synthesestoff. 1973 von Präsident Mobutu persönlich eingeführt, indem er sich während einer Brandrede gegen die nach-koloniale Ausbeutung im Nationalstadium von Kinshasa seiner Krawatte und des europäisch geschnittenen Anzugs entledigte und in den Abacost schlüpfte. Dann verkündete er das neue Zeitalter der *trois Z:* das Land, der Fluß und die Währung hießen nunmehr Zaïre. Dies war der Beginn der *Zaïroirisation,* der Nationalisierung aller Fabriken, Handelshäuser, der Fluglinie und vor allem der immensen Bodenschätze. Der Name Zaïre ist übrigens portugiesischen Ursprungs. Die Szene der Geburt des Abacost ist auch auf einer Briefmarke verewigt. Unter frenetischem Jubel band er sodann seiner Frau die *paigne,* das bunte knöchellange Lendentuch, um das dekadente westliche Kleid, während sie zu elektronisch verstärkten Urwaldklängen tanzte. Angefeuert vom trunkenen Geballer der Soldaten begann im Stadium eine Entkleidungsorgie wie im Rom der *Lupercalien.* Das Tragen westlicher Kleider ist seitdem verpönt und wurde bis 1984 bestraft. Über die verstaatlichte *SOZATEX (Societé Zaïroise des Textiles)* fließen die Erträge aus dieser Nationaltracht in Mobutus Hände.

Die Nationalisierung der gigantischen Bodenschätze an Diamanten, Bauxit und vor allem der Kupferminen der Provinz

Shaba, dem kolonialen Katanga, führte, zusammen mit sinkenden Weltmarktpreisen, der von Angolas Bürgerkrieg zerstörten Eisenbahnverbindung nach Südafrika und dem verfehlten vier Milliarden Dollar Weltbank-Projekt der dreitausend Kilometer langen Inga-Shaba Elektrizitätslinie, zur Schließung der weltgrößten Kupfermine von Tenke Fungurume, in der auch der Autor arbeitete. Die nachfolgende Korruption, Mißwirtschaft und skrupellose Plünderung läutete den wirtschaftlichen Zerfall dieses potentiell unermeßlich reichen Landes ein. 1974 war ein Zaïre zwei Dollar wert, Anfang 1992 tauschte man für einen Dollar hundertvierzigtausend Zaïre ein! Der sozio-ökonomische Niedergang führte zur rapiden Verelendung aller Gesellschaftsschichten. Nur der Mobutu-Clan floriert, und sein Anführer zählt zu einem der reichsten Männer der Welt. Kaiser von Westens Gnaden in Präferenz zu Bürgerkrieg und regionaler Instabilität, beschützt von seiner israelischen Leibgarde.

1986 wurde von den USA eine gigantische Militärbasis nahe der angolanischen Grenze errichtet, zum Schutz des gesamten südlichen Afrikas im Falle des Kollapses der südafrikanischen Republik.

In der neuen Hauptstadt G'badolite, dem Geburtsdorf Mobutus mitten im Urwald an der Grenze zur Zentralafrikanischen Republik, haust der Clan und seine Günstlinge in marmornen Palästen, umgeben von einem Heer von Prostituierten aller Schattierungen.

G'badolite ist auf dem Landweg praktisch nicht erreichbar, Allwetter-Straßen gibt es nicht. Die Flußfahrt von Kinshasa dauert sieben Tage, wenn überhaupt, und ist nur für Schiffe mit geringem Tiefgang passierbar. So wird alles eingeflogen: Täglich Nahrungsmittel und Getränke einschließlich Trinkwasser, frisches Gemüse, Fleisch und Eier direkt aus Südafrika oder Brüssel. Aber auch Zement, Marmor, Stahl, Holz, praktisch alle Baumaterialien für die absurden

Monsterbauten, die von ausländischen Technikern gebaut und mühsam instandgehalten werden. Bis vor kurzem flog auch monatlich ein Friseur aus New York zu Sese Seko ein, dem ‚Hahn im Korbe seiner Hennen'. Luxuslimousinen, die auf zwei Dutzend Kilometern asphaltierter Straße mit heulenden Motoren auf- und abrasen, bis sie in den nahen Urwald geworfen werden, oft nur wegen einer Reifenpanne.

Jeder, der zur Unterzeichung eines Spezialvertrages ‚ihn' oder seine Entourage von selbsternannten Generälen sehen will, muß nach G'badolite pilgern. Hat er Pech oder ist sein Projekt in Ungnade gefallen, kann er tagelang warten, wenn ‚er' gerade meditiert im Mausoleum, eine monströs kitschige Aufbewahrungshalle für die Ewigkeit, die er für seine verstorbene Gattin, die vom Volke heiß geliebte Mama Yemo, errichten ließ. Mobutus Mutter, ein ehemaliges Zimmermädchen im Hotel Memling, liegt unauffällig in Kinshasa verscharrt.

Ausgeflogen werden, so wissen es zumindest die Gerüchte, Diamanten, Goldbarren und Devisen in Millionenhöhe, angeblich zweimal die Woche.

Air Zaïre, als erste nationale Fluglinie Schwarzafrikas mit einem Jumbo Jet ausgestattet, befindet sich in seiner Hand und ist zu jeder Fluglaune Mobutus allzeit startbereit. Längst bankrott wird sie von ausländischen Geldgebern noch solange erhalten, bis die Schulden den Wert der Flotte übersteigen.

Lingala, der Dialekt des zahlenmäßig unbedeutenden Mobutu-stammes, wurde zur Nationalsprache erhoben, obwohl die überwiegende Mehrzahl der Bevölkerung neben Kikongo und Tshiluba das ostafrikanische Kishuaheli spricht.

[2] *femme libre:* in den Lokalschlagern schwärmerisch auch *femme liberée* [befreite Frau] genannt; Euphemismus für

Prostituierte. Schätzungsweise ein Viertel aller *kinoises* [Frauen von Kinshasa] zwischen vierzehn und vierzig gehen ein bis drei Mal die Woche ‚aus'. Ein weiteres Drittel gibt sich gelegentlich hin: für ein Mittagessen, ein Kleid, Schuhe, eine neue Frisur, Babynahrung, Kino, Naschwerk, Zimmermiete, Begräbniskosten, Hochzeit und Krankheit der Verwandten, bessere Schulnoten, einen Job oder Gehaltserhöhung; tausend kleine Dinge, *un petit rien,* die zum Überleben reichen.

Die Übergänge von der liebevollen Gattin, Mutter, Studentin, Sekretärin, Schwester, Freundin zur Frau, die's für Belohnung macht, sind fließend. Außer den Militärs, die zur Erpressung mit einigen Mädchen zusammenarbeiten, sind Zuhälter so gut wie unbekannt. Sexualität ist nicht verbannt in Rotlichtzonen, indische Raubtiergehege und verschämte Lustparks, sondern eingebaut ins tägliche Leben. Sie ist überall und jederzeit erhältlich.

Voraussetzung sind die *moyens* [Mittel], ganz nach dem Angebot: ein halber US Dollar pro Schuß zwischen ausgemergelte Brüste in den Slumtiefen; zehn bis fünfzehn Dollar für eine junge, schöne Mädchennacht; dreißig, fünfzig, hundert Dollar für die *poules de luxe* [Luxushennen] – oder bei Erpressung.

Unbelastet von intellektuellen oder beruflichen Problemen zeichnen sich die Mädchen, vor allem junge, in schrankenloser Hingabe aus. Anders als ihre Berufskolleginnen im Westen sind sie zum Orgasmus und zum Verlieben fähig – wenn sie wollen. Sogar zur Heirat – *si tu veux.*

Je nach Arbeitseifer sind zwischen dreißig und achtzig Prozent der femmes libres HIV positiv.

[3] *deuxième bureau:* Maîtresse. Bezeichnete ursprünglich die in der afrikanischen Polygamie verwurzelte legale Ne-

benfrau auf Zeit. Jetzt ist der Begriff weitgehend ‚degeneriert' zu jeder Art von außerehelicher Beziehung, die länger als einige Stunden hält.

Jeder, außer dem tiefreligiösen, hochmoralischen Mann *sans moyens* [mittellos], hat sein *deuxième* bis *dixième* [zehntes] Bureau laufen, wobei nur die Dauer und die Vielfalt der Liaisonen den treuen Ehemann vom untreuen unterscheidet.

[4] *baisen* (sprich bäsen): beischlafen; entlehnt vom französischen *baiser* [küssen, beischlafen].

Baischen (sprich Bäs-chen): darübergestreutes Fickerchen während der Siesta, im Auto, nachts unter den Bäumen, am Stadtrand, im Hauseingang, im hinteren Teil des Schulhofs und der Kirche, an der Klosettmauer; Hundebaisen: Sexualverkehr von hinten

[5] *SIDA:* AIDS. Die französische Abkürzung für *Syndrôme Immuno-Deficitaire Acquise.* Im Volksmund auch die Abkürzung für *Syndrôme Imaginaire pour Décourager les Amoureux* [Syndrom, das es nur in der Einbildung gibt, um die Verliebten zu entmutigen]. Nach der Lokalmeinung wurde das Virus beim Boxkampf Muhammed Alis 1974 oder zu Beginn der achtziger Jahre als Geheimwaffe aus den Laboratorien der CIA zur Ausrottung der schwarze Rasse eingeschleppt. Das HIV Virus wurde 1986 vom Center for Disease Control in Atlanta aus Blutproben mehrerer kongolesischer Dörfer verifiziert, die schon in den sechziger Jahren zur epidemiologischen Erfassung der *‚green monkey disease'* abgenommen wurden.

[6] *n'golo* [Kikongo Sprache]: Urkraft

N'zambi Mpungu, oberstes Wesen und Schöpfer des Universums, ist der Ursprung einer kosmischen Gewalt, die alle Natur durchdringt. Der Mensch *[Muntu]* lebt nur durch diese Kraft, die ihn beschützt vor *n'doki* [Menschenfresser], der magischen Kraft der Zerstörung. Männliche Potenz und weibliche Fruchtbarkeit sind wichtige, jedoch nicht die einzigen Zeichen des Besitzes dieser Kraft.

Die Verteilung der Urkraft unter den Menschen erfolgt durch die Ahnen, mit denen der Onkel mütterlicherseits (Reste des ursprünglichen Matriarchats) in kultische Verbindung tritt. Der rituelle Chef des *n'kanda* [Klan] hat von den Ahnen den Auftrag erhalten, über den kollektiven Besitz der Urkraft zu wachen. Dazu braucht er die uneingeschränkte Zustimmung aller durch die Initiationsriten eingeweihten Mitglieder des Klans. Ein einziges Mitglied, das einen ‚schlechten Geist' auf den Chef wirft, vermindert oder zerstört diese Kraft und damit das Wohlergehen des Klans. Darum auch die häufigen und endlosen Dorfpalaver, die Einstimmigkeit erzielen und damit den Dorffrieden sichern sollen.

N'kodia ist die Beschützerin der Urkraft. Ihr Symbol ist die spiralenförmige Muschel, die im Süßwasser lebt – dieselbe Muschel übrigens, die der Zwischenwirt für Bilharziose ist. Jeder *Féticheur* [Zauberer] trägt sie bei sich.

Der *Féticheur* hat eine seinen Fähigkeiten entsprechende Macht über den Geist des *N'doki,* die Zerstörung, aber auch über *N'kodia,* die Beschützerin. Er kann die Macht der Geister auf einen anderen Menschen zeitweise übertragen oder auf seine eigenen Feinde oder Freunde werfen.

Diese Zauberkraft bannt er im Fetisch. Dies kann ein einzelner Gegenstand sein oder ein Bündel von Haaren, Zähnen, Häuten etc., das in die unmittelbare Nähe des Opfers gelegt wird. Sein Fluch – oder Schutz – kann jedermann treffen, der mit ihm in Berührung kommt oder seiner auch nur ansichtig wird.

N'kodia läuft ständig Gefahr, vermindert oder zerstört zu werden. Es wird von der Mutter bei der Geburt übertragen und unterliegt während des Lebens ständigen Veränderungen: Durch Gehorsam gegenüber den Gesetzen der Ahnen wird es aufgebaut, durch Krankheit oder einen Fetisch vermindert, durch *N'doki* zerstört, wie im Falle eines plötzlichen Todes. Das Fruchtwasser gilt als Lebenswasser und ist Teil des Großen Wassers, an dem die Ahnen leben. Die Alten werden verehrt, da sie während ihres langen Lebens viel *N'kodia* akkumuliert haben.

Erst der Tod vereint den Menschen mit dem Rest des Klans, den Ahnen, die als die eigentlichen Lebenden gelten. Die Reise durch die Unterwelt zum Ahnendorf führt an mancherlei Gefahren vorbei: Dörfer mit wilden Hunden, streunende Banden ermordeter Menschen, und Herden von Albinos, die als Teufel gelten.

Am Dorfeingang des Klans wird von *Nzambi Mpungu* beschlossen und von den Ahnen verkündet, ob der Verstorbene eintreten darf oder zur Wiedergeburt in ein Schwein, Schlange, Krokodil oder einen Menschen verurteilt wird.

Wird er aufgenommen, lebt er auf ewig mit den Seinen, umgeben von satten Viehherden, springenden Gazellen, in der Nähe eines Waldes am Ufer des Großen Wassers.

Von Zeit zu Zeit nimmt *Nzambi Mpungu* daraus eine Handvoll und gießt sie auf den Rücken des Mannes, der damit wiederum die Frau befruchtet. Der Kreislauf ist geschlossen.

Die christlichen Missionare benutzten viele Elemente dieser afrikanischen Kosmogonie und münzten sie um in das Taufwasser, Gehorsam gegenüber den Priestern, und die Drohung mit dem jüngsten Gericht.

[7] *Kirdi:* Heide. So benannt von den *Fulbe,* auch *Peulh* genannt, den herrschenden Muslims, die dieses altafrikanische Volk im Norden Kameruns über Jahrhunderte verfolgten und in die unzugängigen Berge trieben. Nach Meinung ernsthafter Anthropologen gibt es nur noch zwei lebende Stämme, die als Ureinwohner des nördlichen Schwarzafrikas gelten können: Die Kirdi und die Dogon in Mali. Bis vor wenigen Jahren kamen die Kirdi-Mädchen zu Tausenden in völliger Nacktheit, nur mit bunten Lederbändern an den Labien geschmückt, zum Sonntagsmarkt nach Mora nahe der Grenze zum Tschad. Heute müssen sie unter drohender Gefängnisstrafe unpassende Büstenhalter und Kleiderfetzen um die Lenden knüpfen, ehe sie die Stadt betreten. Von allen verfolgt, manchmal wie Tiere abgeschossen, haben sie sich einige fremd anmutende Liebespraktiken bewahrt, zum Beispiel den Beischlaf eines jungen, unberührten Mädchens vor den Augen eines Sterbenden.

[8] *eros:* Eros ist der griechische Gott der Schöpfung, aber auch der Zerstörung. Nach der frühesten Mythologie befruchtete Eros Gaea, die Mutter Erde, und zeugte somit Uranus (Himmel), Meer und Berge.

Nach einer anderen Darstellung schlüpfte Eros aus dem Ei der Urfinsternis und befruchtete Chaos, das wiederum Himmel, Erde und alle Götter hervorbrachte. Eros verkörpert die Urkraft, die erst viel später ‚degeneriert' zum Liebesgott als Sohn der Aphrodite und des Hephaistos.

Im christlichen Kulturkreis gilt Eros als Synonym der körperlich sinnlichen, heidnischen Liebe, frei von jedem Schuldkomplex.

[9] *Agape:* Gottesliebe im christlichen Sinn, Liebesmahl mit Armenspeise, die *caritas* oder Nächstenliebe im frühchrist-

lichen Sprachgebrauch. Synonym der intellektuellen, geistig verinnerlichten, leidenden Liebe Christi am Kreuze zur Aufopferung für die Menschheit. Göttliche Liebe, die durch den Verzicht auf die fleischlich menschliche Liebe erreicht wird.

Kinshasa, Zaïre; 1987
Oberrosenauerwald, Österreich; 1988, 1991, 1992
Hamamet, Tunesien; 1989
Freetown, Sierra Leone; 1989
Göreme, Türkei; 1990
Kairo, Ägypten; 1991

INHALT